虚像

杨董 著

湖南文艺出版社
HUNAN LITERATURE AND ART PUBLISHING HOUSE

博集天卷
CS-BOOKY

图书在版编目（CIP）数据

虚像 / 杨董著 . -- 长沙：湖南文艺出版社，2022.11
ISBN 978-7-5726-0877-3

Ⅰ. ①虚… Ⅱ. ①杨… Ⅲ. ①长篇小说－中国－当代 Ⅳ. ① I247.5

中国版本图书馆 CIP 数据核字（2022）第 179985 号

上架建议：畅销·长篇小说

XUXIANG
虚像

著　　者：杨　董
出 版 人：陈新文
责任编辑：匡杨乐
监　　制：邢越超
出 品 人：周行文　陶　翠
策划编辑：张　攀
特约编辑：尹　晶
营销支持：周　茜
封面设计：UNLOOK 广岛
版式设计：梁秋晨
内文排版：百朗文化
出　　版：湖南文艺出版社
　　　　　（长沙市雨花区东二环一段 508 号　邮编：410014）
网　　址：www.hnwy.net
印　　刷：三河市鑫金马印装有限公司
经　　销：新华书店
开　　本：875mm×1230mm　1/32
字　　数：167 千字
印　　张：7.5
版　　次：2022 年 11 月第 1 版
印　　次：2022 年 11 月第 1 次印刷
书　　号：ISBN 978-7-5726-0877-3
定　　价：49.80 元

若有质量问题，请致电质量监督电话：010-59096394
团购电话：010-59320018

致　谢

　　非常遗憾，由于某些技术原因，水天一色无法共同署名。水天一色对于本书的帮助颇多，推理线索的设置、故事布局、人物关系、人物的性格等等，她都给予了无私且巨大的帮助。没有她的帮助，故事晦涩难读，情节缺乏张力，人物生硬且动机不足，错字和语病更是满天飞；经过她的妙笔生花，这本小说才讲述了一个完整的故事。

　　如果没有她，就没有这本小说。

　　非常感谢水天一色给予的帮助！可惜区区几行字不足以表达我对她的谢意。

　　同时也感谢余索、潇雪、黄律师、梁老师、远宁等诸位专家对于本书的协助。

杨董

序　一

毫无疑问，《虚像》讲述了一个虚构的故事。

它将真实的生活素材集中在虚构的故事里密集呈现，以唤起我们对复杂生活的敬意。

今天，海量的信息构成了我们所在的世界。社交媒体和新闻媒体交错，我们对生活的感受越发强烈，触感也无限细腻，感知似乎在不断深入，每个人都有了发声的能力，每个人也都有了"审判"别人的权力。

这是人心、人性和人的选择所组成的迷宫。

诚如大家所见，生活本身的复杂程度早已超过了我们能阅读到的任何一本书。

我们变得看上去有能力触碰更多的生活层面，却又因为这种看似广泛的接触而更远离生活。

我们惶惑于信息的迷宫，既恐惧茧房也恐惧走丢。

于是我们试图寻找一些完美的虚像，或许是受害者，或许是励志偶像。

我们构建虚像，无限放大，贪心而执拗地吹着这个终会被撑破的气球，不断在虚像破灭的失败中沮丧、失落、颓唐。这种痛苦不断积累，最终成为我们对社会问题的反问和不信任。

然而，作为人，我们本身就是不完美的生物，我们构成的社会也必然存在这样那样的问题。

正是所有的不完美构成了现在我们所见的生活。

怎样去衡量、判断，是生而为人必然要面对的生活考题。

在不完美的世界里，受害和加害往往互相交叠，黑与白之间存在可以无限细分的灰度。

这些话题说了一年又一年，依然足够重要，值得敬畏。

《虚像》带给我们的不只是好故事，也是恰如其分的自省和警惕。

能让人不断联想的作品正如被凝视的深渊：我们看见倒影也听见回响，并觉得似远还近。但我们不知道深渊里还藏着什么，于是我们回味，然后在作品中找到更多。

或许，每个人都能试着去穿透虚像，这是让这个世界变好的方法之一。

序不多言，更不可耽误读书。

在此感谢作者的创作。

愿好故事与你我同在，愿独一无二的好故事总能出现，陪伴你和我。

周行文（《长安十二时辰》《风起陇西》总策划）

序 二

《虚像》中的不少情节与细节，都让我从中隐隐看出一些现实事件的影子。不少对话和场景，也屡屡让我联想起自己在求职与工作经历中的见闻和感触。至于书中所提及的网络风气，在各大社交媒体上更是屡见不鲜……

杨董老师基于对这些社会问题的观察与思考，将这些元素恰到好处地穿插、点缀在整个故事之中，并以职场新人女记者为第一视角，通过故事情节反映女性在职场中面临的真实现状，通过案件记录泥淖中的生存困境与挣扎。

这是一个"锋利"的故事，就像一把刀，随着情节发展而轻轻一挥，剖开问题表面的虚像，划破虚饰之下的平静，露出底下讽刺、悲伤而又无奈的真实。

诚然，希望这样的真实——以及书中所写到的问题——越少越好。

借用雨果在《悲惨世界》序言的结束语作为结尾："只要在某些地区还可能发生社会的毒害，换句话说，同时也是从更广的意义来说，只要这世界上还有愚昧和困苦，那么，和本书同一性质的作品都不会是无益的。"

余索（悬疑小说家）

目 录 CONTENTS

第一章

"只有不停奔跑，才能一直留在原地。"

何薇绮刚站起来，就看到了这么一句令人感到不祥的"格言"。这句格言贴在同事的保温杯上，透明保温杯里的枸杞和红枣清晰可见。

这就是网上流传的"中年养生杯"吧。

杯子的主人恰好从座位上站起来，看到何薇绮的眼神，尴尬地笑笑，将杯子转了半圈，结果露出另外半面上造型诡异的公主贴纸。

"是我女儿贴的。"周昕不自觉地解释道，"她喜欢《爱丽丝漫游奇境记》，到处摆弄周边。"

何薇绮挤出笑容："很有意思。"

才怪！

她才不相信尽力还会原地踏步呢。周昕之所以没能升职，还不是每天出工不出力，把工作踢给别人，尤其是踢给她。

"您要的资料，我给您发过去了。"她说完立刻就坐回位置，继续修改起自己的稿件。过不了几天，她梦寐以求的署名文章就要刊登在杂志上了。

手机的铃声打断了她的思绪，她不满地看了一眼，是郝宁打来的。

如果是别人的，何薇绮也许会暂时略过，但是郝宁不一样。她的上司郝宁给过她诸多建议，甚至手把手教她，让她从无所适从的职场新人迅速成长为合格的新闻工作人员。郝宁的帮助令她感动不已。郝宁对她来说，既是良师，更是益友。

她抓起电话，立刻接通。

"Viki，来下会议室。有两位老人在找女儿，你过来了解清楚详细情况。"只有她的直属上司这么称呼她。

她犹豫片刻，回应说："郝主任，我那篇稿子该交了，您看是不是让别人先过去……"重音不自觉地加在了"我"上。

"稿子的事情不用着急，咱们一起想办法。"郝宁打断了她的话，"你先来会议室。"

女记者抬头看了看电脑屏幕，连续按了好几次"保存"，才站起身。"这可是我用命换来的报道。"她心里愤愤地想，"谁也别想夺走它。"

当快马汽车的前轮飞出之时，何薇绮就坐在那辆出事的汽车上。时至今日，她回忆起当时的情形，还会冷汗直流。然而当时的她立刻冷静下来，拍下事故照片，采访了司机，积攒了准确的第一手资料。

随后，在郝宁的建议下，她找到了汽车行业的技术专家，给事故分析定性，寻找类似车辆事故，终于发现问题所在：车辆的生产厂家快马汽车公司在生产工艺上存在缺陷，出厂前的质控把关不严，销售部门放任问题车辆流入市场，最终导致事故频发。不幸中的万幸是这起事故没有造成人员伤亡，但下一起可能就不会这么幸运。这足以引起相关部门的警惕。

《支撑快马汽车的骨架断裂》，何薇绮用双关语当题目，既表明快马汽车的事故原因是轮轴断裂，又说明快马汽车标榜的"品质"形象出现裂痕。

《声援》杂志每年计划发表的内容，其实早在前一年的末尾就已经定下来，并且根据重要程度安排发表顺序，也会偶尔插入计划外的报道。这篇文章便是少有的"插班生"。按照计划，最终版文章的交稿时间不能晚于下周。

一想到署名为何薇绮的报道不久之后就会刊登在杂志上，她心中就激动不已。偏偏在焦头烂额的最后修改关头，不断有莫名其妙的事情插进来。比如周昕不时甩给自己工作，比如郝宁突然把自己叫走。

"这位是何薇绮何记者。"郝宁向对面的人介绍着她。

她这时才看到会议室里坐着两个人。他们背靠窗户，窗外的光线直射进自己的眼中，那两个人看不出身形，如同两个被光芒包裹的黑洞。

"这两位是李叔和王婶。"自己的上司继续介绍着，"他们就是我刚才和你说过的求助者，他们的女儿离家出走了。"对何薇绮说完，他又转向那两个人，"我还有事，先告退了。你们和她说就行，她是一位非常出色的调查记者，值得信赖。"

郝宁边说边走向门口，路过何薇绮身边时，对她鼓励式地笑笑。

明知道是客套话，不过对于能得到上级的肯定，何薇绮心中还是笑开了花。等郝宁离开，她坐在两位老人对面的椅子上，轻声说道："李叔、王婶，你们好。我是《声援》杂志社的记者何薇绮。"她掏出手机，滑开锁屏，调出摄录程序，摆在圆桌上，"采访过程中进行录音录像，您二位不介意吧？"

王婶大大咧咧地说道："有啥介意的，没问题，你们录吧，放出去也没关系，不怕。"

"不会的。"何薇绮解释道，"只是为了避免出现误会。"

"没事，我们心里没鬼。"

直到这时，何薇绮的眼睛才适应了外界的光线，看清了眼前的两个人。他们看上去至少有六十岁，似乎是干惯了体力活，身体还算硬朗，面容疲惫，满脸勉强堆着谄媚的笑容，似乎在讨好年纪比他们小几轮的女孩。他们不时整理衣服，这也许是他们能拿得出手的最好的衣服了，但浆洗的次数过多，甚至有些地方已经褪色。男的一副唯唯诺诺的模样，弓着腰，一只手在裤腿下轻轻摩挲，仿佛担心自己弄脏了昂贵的家具。女的挺直腰板，显得浑身僵硬，眼睛偷偷上下打量何薇绮。他们身边是一个破旧的、装得鼓鼓囊囊的布袋，似乎是用某种农产品的包装袋改装而成的，露出不完整的商标。

"好的。请问两位全名怎么称呼？"

"他叫李宝富，我是他女人，叫王翠华。他今年五十一，我今年四十八。我们是外省 A 村的。"何薇绮还没问，王婶就像倒豆子一样都说了出来。

他们只有五十岁啊！何薇绮暗暗吃了一惊。他们的面容却要苍老许多，应该是经历艰苦的户外劳动，风吹日晒之下，皮肤干瘪，失去了弹性。

意识到自己在他们的脸上花了太多时间，她赶紧低下头在记录本上写下几笔，继续问道："请问两位的女儿叫什么？年龄？"

"她叫钱叶，今年二十三。"

"姓钱？"何薇绮有点意外，"她不是您的亲生女儿吗？"

"是我生的，但不是李家的。"王婶的解释似乎对问题没有什么帮助。

一直没有作声的李叔这时才张开嘴，他的声音很轻，口音也很重，还夹杂着奇怪的杂音。"她不是我亲生的，可是我待她比亲生的还亲……"李叔没说完就低下头，抬起胳膊，用袖口抹眼睛。

"她真是身在福中不知福。不读书，不顾家，放着亲弟弟不管，就知道瞎玩。"王婶接过话头，"要是她有点良心，还在家，何至于咱家儿子没人看，就这么没了……"王婶的声音越来越低沉，变成了呜咽。

李叔拍了拍王婶的肩膀，本意大概是安慰她，结果也忍不住，两个人抱头痛哭。

何薇绮心里不禁一阵唏嘘。她连忙找来纸巾，让他们擦拭眼泪。她不敢多说话，只是默默地递纸巾和茶水。两人又哭了一会儿，情绪才稍稍稳定下来。

房间里沉默好一阵，王婶打破了平静。"我们的儿子李威，因为意外过世，就在不久前。"她的话语里依然带着哭腔。

李叔长叹一声："老婆子，你不要说了，不要再说了。这是命，就是命啊！"

王婶还是没有停下，低声说着关于儿子的话题，声音含糊，听不清楚。一直忙前忙后的何薇绮见状不敢搭腔，只是在停顿时胡乱点头。

"不要说了。"李叔提高了声音，打断了王婶的话，"咱们是为了找钱叶才来的，人家大记者还在等着呢，说说她吧。"

何薇绮松了口气。她同情这对夫妇的痛苦遭遇，正发愁不敢打断他们，该如何延续主题呢。

又是一阵沉默。

"说起钱叶，我自从嫁到老李家，从来没缺过她吃、短过她穿，可是她手脚不干净，总让我们丢脸。"王婶再次开口，"只怪我们母女俩以前太穷了，什么都没见过、没吃过，见到新鲜玩意，那孩子就管不住自己的手。如果说她恨我，我也明白。每次让人抓住她偷东西，我都狠狠打她一顿，让她长点记性。"这些话与其说是说给何薇绮听的，不如说更像在发泄胸中的怨怼，"可是她爸不是，每次都去向人家求情，给钱。他下不去手，舍不得打。"

何薇绮越听越迷惑：一个二十多岁的成年人，见到喜欢的东西没钱买，要靠偷窃；而她的父母对此的教育方式就是打骂。这是对待尚没有社会认知能力的孩子的方式吧？

趁着王婶喝水的工夫，何薇绮插话询问。果不其然，王婶说的是钱叶小时候的事情。

"她现在怎么样了？还是这样吗？"何薇绮追问道。

对面的两人对视一眼，过了足足三十秒，王婶才缓缓开口，声音里充满哀伤："我们不知道她现在怎么样了。"

"是因为她离家出走了吗？这是什么时候的事情？"何薇绮以为就是这几天，至多是几个月前发生的。

答案令她大吃一惊。

"十年前，她就离家出走了。"

"十年前？"

"就在钱叶诬告我强奸，我被抓之后。"答案充满痛楚和悲伤。

就在这一刻，何薇绮发现了李叔的声音里有杂音的原因：他缺少两颗门牙。

也许是注意到她的视线，李叔轻轻地笑。

"他们打的。我没干过的，就是不能认。"他的声音轻描淡写，好像这是稀松平常的事情。

"下午见的那两个人，情况怎么样？"再遇郝宁，他微笑着问道。

郝宁给她打了电话，叫她晚上一起陪客人吃饭。她来到预约的饭店，单纯从外观上就能感觉到价格不菲。郝宁提前到了，笑着和她打了招呼，示意她坐在自己旁边。她甫一坐下，郝宁就侧身靠过来，手自然而然地搭在了她的大腿上，脸上笑眯眯的。"他们的女儿怎么了？"

她收了收腿，故意打开挎包，掏出笔记本摊在腿上。"他们寻找女儿只是表象，核心是十年前的强奸案。"

"哦？"郝宁看上去好像很惊讶，"我还以为只是普通的寻亲罢了。"他的表情变得认真起来，手也收回去了，"继续说。"

何薇绮详细地把当年的情况说出，刚说到一半，郝宁就挥挥手打断。"时间不多了，具体情况晚点再说，"他思考了片刻，说道，"告诉我你的感觉。"

"郝主任，我觉得需要进一步调查了解，目前看，线索还远远不够。"

"那当然，和当事人这才见了一次面而已。你觉得这条线有没有必要跟下去？"

"命运多舛"，这是他们给何薇绮的最深刻的印象。十年的牢狱之灾、不幸身故的儿子、恶意满满的女儿、无依无靠的老年生活、官僚气息浓厚的政府机关……他们已经没有任何未来可言。向媒体求助，几乎是他们的最后一搏。

"我觉得信息还不够。"出于义愤，何薇绮立刻补充，"不过，如果我们不帮他们，他们就真的走投无路了。"

郝宁若有所思地点点头。"我只是听你说了开头，但是我也认为这的确是我们要做的新方向。"

"新方向？"

"我们以往做的新闻有一些影响力，不过都是在社会新闻方面，像这种刑事案件，我们没有做过。之前没有什么深入的机会，但是这一次，是关系人主动找到我们的。我想利用这次机会，多做一些这方面的尝试，"郝宁笑了笑，"正好你也多锻炼锻炼。既然情况你已经知道了，那就了解得更详细点。然后咱们商量一下如何切入。"

"可是郝主任，"何薇绮带着明显的不满情绪说道，"我那篇稿子该交了。"

"那篇不着急。"主任满不在乎地回答，"上边重新做了安排，还是先发计划内的稿子。"

何薇绮刚要争辩，服务员带来了两个人。

郝宁满脸堆笑，迅速站起来，和来人一一握手。

来的人同样微笑。他们西装革履，比之前那两位老人整洁无数倍，价值也高出几个数量级，然而他们的脸上带着同样的神情——讨好。

"这位是我的同事，也是事故的亲历者，何薇绮。"郝宁介绍说，"这位是快马汽车的林总，这位是鲍监事。"

何薇绮的心一沉，她洞悉了自己稿子的命运：先是废纸堆，然后是纸浆厂，最后说不定还会被印满字，刊登在某本刊物上，只是那时那上面的文章和她没有一丝一缕的干系。

她竖起耳朵，只待对方一提起稿件，就和这些人据理力争。可是席间全是漫无边际的闲聊，就算何薇绮想开口为自己的文章争取机会，都没有可以插嘴的空间。

"郝主任和何记者是文化人，我是粗人，只会赚钱，不懂艺术。不过最近看了甄谢图的《极光》，大受震撼。"满脸横肉的鲍监事喝光了酒，话题又莫名其妙地转向，跑到了文学艺术上，"现在社会上男人的地位真的是太低了！"他一字一顿地强调道。说着他打量着何薇绮，感慨道："何记者可真是赶上好时候了！"

瘦如竹竿的林总接着补充："我也看了，甄大师写得那叫一个真实。差点就因为和女人睡了一觉，毁了一个成功男人的一生。我看完心里直后怕。你说那些娘儿们——对不起，何记者——那些女孩，一言不合就告强奸，让男人怎么过啊！您说是不是，郝主任？"

郝宁笑笑，似乎顾及何薇绮的心情，只是点头，没接话。

鲍监事又倒了杯酒，附和道："可不是，你就说强奸哪有这么容易啊。再说了，就算真是强奸，那也不能说女人全没错吧？成天穿得这么露，还涂脂抹粉的，这不是勾引是什么？郝主任，您见识广，懂得多，您给评评理。"

郝宁见躲不过，便大笑几声。"鲍监事见笑了，我和您哪比得了？"他放下筷子，"林总和鲍监事说得在理。强奸这事不是这么容易的，肯定有不少是诬告，才导致咱们国家的强奸取证如此严格。说实在的，女的要是挣扎尖叫，很快就能招来人不说，换成我非吓得痿了不可。不好意思啊，咱们这儿有女士，这话太粗俗了，我道歉。但是一位文豪说过，'你没法穿过一根被动的针'。"

三个人不约而同地笑起来。快马汽车的两位高级经理不住地称赞郝宁不愧是文化人，一张口就能引用名人名言。

"甄大师这本书我也看了，我内心其实也赞同林总和鲍监事的话：现在这个社会对男人要求太高了，又得养家糊口，还要谨小慎微。和女同事说句话，都得思前想后，说错一个字，她们都会告你骚扰。"他转向何薇绮，对她挤挤眼睛，开玩笑似的说道。"不过 Viki，你可别告诉咱们单位的同事，要不他们又该叫我'直男癌'了。"不知何故，何薇绮竟然感觉到语气里似乎有威胁的味道。

大家都在大笑不已，不关心对话的何薇绮也只好礼貌地笑笑。

只待对方提起稿件，她就强力反击。谁也别想夺走她的报道。

桌上的饭菜摆盘再怎么精美，味道再怎么可口，都没能触动她的味蕾。她拿起筷子随便从离自己最近的餐盘里夹起食物，至于是什么，她已然不关心，吃进嘴里，也是食不甘味。她一直保持着警醒，等待着决定性的那一刻。

然而快马的人突然提议饭局到此结束，这场宴会就好像许久不见的挚友无目的地攀谈，没有聊过一个字的正事。

陷入茫然状态的何薇绮随着郝宁站起了身，四个人走到了出口。在餐厅门口，几个人互相握手告别。就在这个"永别"的仪式完成之后，"横肉鲍"掏出一个信封。

"这是给何记者的一点心意。"在她反应过来前，他就将信封硬塞到了她的手上。

何薇绮不知所措地看着他。"这是什么？"她自然地把信封推了出去。

"听闻何记者坐我们公司的车受了惊吓，这是我们的一点点补偿，希望您能早日康复。"横肉鲍本来就拥挤的五官更加紧凑，就像穷困潦倒的四口人不得不挤在同一间小屋里，"不成敬意，不成敬意。"说着，信封又被塞了回来。

"不！不！这我不能收……"

"如果何记者没能及时恢复，后面我们会再来看望，我们知道何记者在哪里工作。""竹竿林"也发话了。

在她听来，这话不像是安慰，更像是恐吓。她更加不安地摆摆手，向后退。

腰却被顶住了，是身边郝宁的胳膊。

郝宁的声音在她的耳边响起："Viki，还不赶快谢谢林总和鲍监事？"说着，他接过了信封，顺手塞进了她的挎包里。

何薇绮手足无措，完全不知该如何收场。

"郝主任，之前我们就想和贵刊合作广告事宜，一直找不到贵刊的联系方式。多亏有您，我们这才有机会和贵刊合作。""竹竿林"笑呵呵地说着，也递上一个信封，"感谢郝主任相助。"

郝宁心安理得地装进口袋里，说道："预祝合作愉快。"

"当然，当然！合作愉快！"对面的两人露出如释重负的笑容，转身走向停车场。进入汽车之前，两个人还向他们挥手告别，只是残存的微笑浓度不高，留在他们脸上的只是抽动的嘴角。很快，发动机咆哮，汽车绝尘而去。

而何薇绮的关注点，竟然只是他们开的不是快马汽车。连她自己也觉得不可思议。

看着汽车远去，郝宁叹了口气。"Viki啊，你还是太年轻了。"

这时她才意识到，主任的胳膊还留在自己的腰间。她向前跨了一步，身体的触感总算消失了。

"算了，"郝宁收起了胳膊，掏出手机点了几下，"去我家吧，我得好好和你说说。"

她根本没有想到还有拒绝这件事，脑子里反复翻腾的只有一句话。

我才不是为了这个才当记者的呢！

萌生当记者的念头，差不多都到了何薇绮硕士快毕业的时候。

理想对她而言，是随着现实，准确地讲，是随着父母的观点不断变化的。高中时期她的成绩很好，哪一门都名列前茅，临到文理分班的时候，父母非要她去学文科。

"学文科对你有好处。"父亲直接告诉了她答案。

她喜欢的，是摩天大楼，是宫殿，这属于理工科里的建筑学。她向父亲说明自己的想法，希望去学理科。

"一个女孩子，去什么工地？"父亲不屑地说道，"登梯爬高多危险，风餐露宿你适应得了吗？"

"建筑专业是设计高楼大厦，不是到现场施工。"她这样向父亲解释。

"你就知道点皮毛。"她的父亲反复强调说，"我吃过的盐，比你吃过的饭都多！到时你就知道这行多苦了！"

"可是我喜欢！"

"喜欢又不能当饭吃。"她解释得越多，就越激怒父亲，"你今天喜欢，明天不喜欢怎么办？为将来多考虑，选个有前途的行当。"

可是……她把眼神投向母亲，希望得到她的支持。

母亲却看向了父亲，说："你听你爸的准没错，父母不会害你的。"

就这样，她的第一个理想无疾而终，她只是偶尔会幻想，如果当时选择了另外一条路，现在的生活是否会完全变样。这样的思绪也没有持续很久，到了大学毕业，家里又在明里暗里撺掇她，女孩子嘛，去企业也不保险，万一赶上离职潮，还不是像老辈人一样，突然就没了工作，只能在家里喝西北风；不如再加把劲，考个研究生，将来再去谋个公家的饭碗，这辈子就算衣食无忧了。于是何薇绮眼看着同学们纷纷步入职场，自己的理想又变成了继续学业。

她的父母在家族群里吹嘘自己女儿学习好，引来八竿子打不着的亲戚，强行把孩子塞给她，让她给这个十岁出头的女孩子补课。何薇绮解释说现在小学的课程和她那时完全不同，而且自己也早忘了相关知识。可是父母一向没有询问她意见的习惯，一口应承下来，对何薇绮的反驳不以为意，还美其名曰这是为她将来当老师提前练习。

这个小孩子不光学习成绩一般，而且调皮捣蛋，令何薇绮焦头烂额。两个人唯一的共识是对浪费宝贵假期十分不满。没过多久，小孩子就把状告到自己的父母那里，绕了好大一圈，又传回自己的耳朵里。在这个故事中，何薇绮成了恶魔的化身，对待小女孩又刻薄又狠毒。

"等一下，她在胡说！我对她什么都没做！"

她的父母听不进何薇绮的解释，买了昂贵的礼物向亲戚赔不是。

"唉，你岁数也不小了，翅膀也硬了，都不听家里的话了。"母亲只会不停地唉声叹气。

不是，不是这样。她心慌不已。

"行啊，你的事，我们不管了。"父亲气鼓鼓地说道，"你爱怎么样就怎么样吧。"

"唉，别啊，那可是你亲生的啊。"母亲向父亲求情，然后又转向何薇绮，一把鼻涕一把泪，"你也说句话啊，求求你爸。你只要承认错误，你爸一定会原谅你的……"

话说回来，等她做出自己的决定之后，她意外地发现，父母并没有因此而对她心生怨念，反而全力支持她的选择。

那时正好是找工作的关键时刻，可是因为这场变故，何薇绮心生执念：我自己做决定好了。

可惜她的生活经验几乎都是来自父母，毕竟向来是父母为她的人生做决定。应该找什么样的工作，自己全然没了主意。至少可以排除老师，因为那个十岁小孩，她对所有的孩子都带有负面情绪。她小心翼翼地从象牙塔里迈开双腿，走入复杂的社会。还有什么职业呢？

就在这个节骨眼，她遇到了叶遥。

严格说来，叶遥仅是她的同门师兄，见面的次数屈指可数。谁承想，就是这么一个关系遥远的人，却成了她的启明星，让她明白人世间还有如此崇高的追求和信仰。

再见叶遥，是在即将毕业的聚会上。指导老师刘老师的本意，说不定只是把已经毕业的师兄师姐们请来，给马上要步入社会的小弟弟小妹妹说一说就业的注意事项，让这些一直在象牙塔里钻研的学生对未来做好应对。

酒桌上，觥筹交错，喝到微醺。几个师兄师姐轮番出马，高谈阔论一番人生哲理，从做人到做事，不一而足。何薇绮甚至都没有注意到叶遥，直到导师发话。

"叶遥，你也说两句。听说你在《声援》杂志社。如果有想去做刊物的同学，可以听听他的意见。"

叶遥挠了挠头，为难地笑笑。"其实我现在不在那儿了。"

刘老师的脸上露出了疑惑的表情。"这算是大刊了，当初进去时多不容易。你怎么会选择离开呢？是去更大的社了吗？"

"说来惭愧，我现在不当记者了——也当不了了。"

叶遥说得很含糊，刘老师见状没有追问。叶师兄后来说了些关于刊物的信息，给同学们提供参考。只是何薇绮当时的就业方向里还没有"记者"这个选项，所以左耳朵进，右耳朵出，也没有留下什么印象。

进入了饭局中段，大家随意交谈。何薇绮敬了导师、师兄师姐一轮酒。轮到敬叶遥师兄时，她咽下了一口啤酒，借着酒劲，随口问了问师兄的经历。

酒精让叶遥的情绪也有些亢奋，他借着酒力发泄着压抑。"就是因为我是实习生……"

叶遥跟着上级深度追踪了 K 市的一起拆迁事件。伴随着城市的扩大，原来只能算 K 市边缘的临河区，渐渐也被纳入了市区。原先那里有一些老房子，多是平房或者房龄时间较长的低层建筑。房地产开发商看中了这一带的未来发展，打算拆除，重建高层建筑。住在老房子里的人们，有的已经厌烦了老建筑的不便，于是接受了开发商的条件；有的则心怀留恋，或者单纯是价格没有谈拢，依然留在原地。

老建筑迟迟拆除不完，开发商越发焦虑不安，因为钱是有时间价值的，拖得越久，对开发商就越不利。于是他们私下里找到了政府部门，和腐败的官员建立了攻守同盟。很快，一群涉黑人员就进驻拆迁场地，没日没夜地骚扰未离开的住户。他们的手段十分狡猾，不断地给住户的生活制造麻烦，比如趁着夜里砸住户的门，或者碰瓷，给住户制造心理压力，却又不直接惹事。他们的做法游走在犯法和不犯法之间的灰色地带，加之部分警务工作者被买通，所以走正规手续无法限制那些坏人的所作所为。这一下，拆迁的进度显著加快：大量住户迫于淫威，不得不放弃自己的利益，接受不公平的条件，背井离乡。

叶遥为了写这篇文章，甚至替换下住户，直接住进了行将拆毁的老房子里，不但忍受着种种生活上的不便，好几天洗不了澡，吃不上热饭，还要忍受不法分子的威逼恐吓。全身心地投入换来了翔实的资料，深度调查发现有公务员尸位素餐，更有甚者还从中牟利。当时正值国家重点监督涉黑犯罪，有些人担心会引起上面注意，影响仕途，于是通过各层关系找到《声援》杂志社，希望把报道暂时压住。一开始是协商，后来几乎成了赤裸裸的威胁。杂志的主编左右为难，眼看着截稿日越来越近，却束手无策。

"署我的名字吧，有什么责任我来扛。"叶遥站了出来，"这篇文章一定要发。对那些还在饱受痛苦的住户来说，这是他们唯一的机会和希望。"

最终文章发表了，国家果然注意到这群贪官污吏，迅速将他们绳之以法；失去靠山的开发商再也不敢使阴招坏招，乖乖地和住户们谈判。最终有的住户拿到合理的赔偿，开心离开；有的则依然留下，不再担心危险。

但是为了避免杂志社被连累，《声援》杂志社的编辑部把所有的责任都推到"临时工"叶遥身上，将"罪魁祸首"辞退。同时，叶遥被吊销了记者证，终身不得再进入新闻行业。

听完叶遥的经历，何薇绮倒吸了一口凉气。"他们怎么能这么做！"她愤愤不平地说，"竟然把责任都推到你身上，太过分了。他们还有没有点廉耻！"

"不是这样。"叶遥苦笑着喝干了杯中酒，"他们如果心中没有正义感，完全可以把报道压下来，一个字都不发，可是他们还是发了。"

"可是，把你当成替罪羊，这也太不公平了。"

"表面上承担责任的是我，其实从主编到各级领导也承受了不少压力，只是不像我这么明显罢了。"

"肯定还有比辞退更好的办法，明明师兄能力这么强，还很勇敢。"

"其实他们是在保护我。还以'开除'为名赔给我一笔钱。"叶遥突然变得开心，他咧嘴笑了，"不当记者的话，我的女朋友也挺开心。她在社保局当公务员，之前就觉得我干这行很危险，现在她放心多了。"

何薇绮心里还是不舒服，《声援》杂志社编辑部里的领导对待叶遥还算仁义；可是作为新闻从业人员，他们还是缺乏起码的道德。

在两人的沉默中，叶遥不知何时又倒满了一杯，一饮而尽，就好像后面要说的话需要足量的酒精才能提供足够的勇气一般。

"其实吧，如果不发表，我也一样会离开的，它已经不符合我的道德观了。现在更好了，"叶遥在笑，可是何薇绮觉得他在哭，"我可以自豪地说，我实现了自己的理想，带来了公平和正义，虽然规模不怎么大。"

"理想"两个字突然在她的脑中激荡。长久以来，她所有的"理想"，不过是将父母的意见灌输到自己的脑中，即使偶尔叛逆，也早早被扼杀。这时，她才明白，她可以有为之奋斗的信念，也应该有、必须有。

"公平和正义"远远比"女孩子读什么理科""考上公务员就稳定了""找个有房的男人结婚""辅导孩子考个好学校"……重要。

也更有价值。

并非仅仅是这个理想本身有价值，而是她可以实现作为"人"的价值。

即使她没法设计建造出高楼大厦，她依然有价值。

她向叶遥打听了不少关于新闻的知识。叶遥也知无不言，把知道的信息一五一十地告诉了她，最后甚至还给了她《声援》的熟人的联系方式。

毕业后，她如愿进入《声援》杂志社，成了一名记者。

就在不久前，她更是全程参与"罕见病网络交流区被卖"事件的调查和撰写工作。这篇报道改变了——至少是改善了——病人们的命运。

"千寻"网络公司在网上设立交流区，其中一个是关于某种罕见病的，聚集了几千人。他们或是病人，或是病人家属，备受罕见病的困扰。这个微不足道的交流区，既是他们沟通分享病情的地方，也可以让他们抱团取暖，是他们在疾病困扰下少有的安全区、疏通阀。

原先的交流区管理员，同样是一位罕见病患者。他最初仅仅是把这里当作几个病友跨越距离的交流空间。随着网络的发展，这里聚集的人越来越多，俨然成了全国最大的罕见病交流区。果不其然，有骗子盯上了这里。

这块肉太肥了。毕竟不是每一个病人都能对治病救人的方法了如指掌，一旦陷入病急乱投医的困境中，什么偏方秘药、康复诀窍，只要能活命，不管对方说什么，悉数照办。显然这些办法都治不了病，更糟糕的是会加重病情。管理员秉持为病友解难的原则，将骗子悉数驱逐。

那些诈骗艺术家当然不会善罢甘休，他们一招不成就又来一招：找到"千寻"网络公司，直接花重金买下了管理员的位置。"千寻"网络公司前脚收了真金白银，后脚就把原来的管理员全部罢免，让骗子上位。骗子投了资，就开始想着牟利。转瞬间，交流区里充斥着无数假药，无力分辨的病友们接连受骗。

这件事在短短几天内发酵，成为网上热议的话题，《声援》也加入其中。接下这个题目的郝宁和何薇绮义愤填膺，然而受专业所限，无力分辨药品和治疗方式的有效性。他们在网上发消息询问各路专家，可惜回消息的都是顶着"专家"名号的江湖郎中，一问及专业知识，立刻顾左右而言他。

难道没有别的办法了吗？

郝宁突然一拍脑门："Viki，拿上医保卡，去医院挂号，就挂罕见病的科室。"

"啊？"何薇绮搞不清郝宁要做什么，心想她又没病，"他看不出我有病啊，怎么开药方？"

"谁让你去看病……带上名片，只要挂了号，你就有一分钟和大夫面对面。简明扼要地把情况告诉他。要是他感兴趣，就让他联系你。"

何薇绮将信将疑，不过也实在没有别的办法了，调查陷入僵局，就死马当活马医吧。她揣上名片夹去医院，没想到才去了三家，就找到一位专家。专家一听有人骗到患者头上，就气不打一处来，要不是当时后面还有病人等着，恨不得当场就跟她一块儿走。

在这位专家的帮助下，他们把交流区的情况摸得一清二楚。毫无疑问，里面绝大多数都是诈骗信息，占比极少的有价值的资料必然被淹没在垃圾信息的海洋之中。专家将骗子的帖子逐条驳斥。

随着报道越来越多，"千寻"网络公司在负面舆论压力之下，终于做出决定，撤下了骗子管理员，将管理权移交给专业医疗团队；同时承诺，将彻查同类交流区，避免出现类似状况。

得到了这个好消息之后，何薇绮忍不住流下了热泪。报道真的可以帮助别人。

这条路她选对了。

以及，郝主任还真有两下子。

郝宁三十多岁，也许是吃了以前经常出门跑新闻的红利，身材还说得过去，只是现在窝在办公室里，有发福的迹象；容貌可以说中上，初看不觉得英俊，看久了也没有不适。平心而论，比何薇绮心仪的类型老了十岁。

况且他已经结婚了，巨大的结婚照就挂在他家的客厅墙面上。

"哦，你还在看这个。"郝宁轻描淡写地说着，笑了笑，"明天我就把它撤了，反正我们也快离婚了。"

何薇绮心想，他这么说过三次了，都是在同样的场合。

快晚上十点半了，饭局结束后，她被郝宁拉到了他家。郝宁拿出了一瓶矿泉水，自顾自地一口喝干，这才想起问何薇绮是否也要。何薇绮一声不吭，双臂交叉坐进沙发里。

刚刚结束的饭局已经够令她心烦意乱的了。费尽心血的稿件突然被束之高阁，无论换成谁都不会高兴。几枚孔方兄，就把她在杂志上的首次亮相搞砸了。明明错的不是自己，却被上司教训"太年轻"，更是让她意难平。

"别当回事了，谁都经历过这个阶段。"说着，郝宁坐在她旁边，轻声安抚道，"我被毙掉的选题，没有几百也有几十啦。至少一半是因为外面有人施加压力。这很正常。你这次还好，最起码他们没来硬的。"

这不正常。

何薇绮大声说道："郝主任，我们不应该为了这么点钱就出卖良心。"她在心中呐喊，他们应该像叶遥师兄做的那样，明知自己会被清算，依然坚持正确的方向不动摇。这才是正义，这才是公平！

"在这个房间里，你不需要这样称呼我。"郝宁耸耸肩，"Viki，这么说吧，我当然可以说，这钱不是封口费：给你的那笔是他们良心不安，慰问因为这次车祸受到惊吓的你；给我的那笔则是感谢我穿针引线，让他们找到广告部合作。不过现在只有咱们俩，直说吧，我们都知道这是假的。"

这不是废话嘛！

"抛开你我不提。站在杂志社的角度上，每天一开门，这么多人吃马嚼的，哪一样不花钱？广告部的同事四处拉广告都拉不来，现在有人主动送上门来，这不是好事吗？"郝宁说完，伸了伸手，示意何薇绮不要插嘴。气哼哼的何薇绮还没开口驳斥他，就被他拦下。"站在快马汽车的角度上，文章发表了，他们的销量肯定要大幅下跌。到了那时候，他们就更没有人力物力去纠正之前的错误了。现在他们有你的提醒，已经意识到自己错了，给他们一个改正的机会，不是也挺好？"

"好在哪儿呢？"

"还记得我们刚才吃的菜吗？"

饭桌上有过什么，她已然全无印象，只记得自己的报道成为泡影。

"有一道菜叫作'一鱼两吃'。鱼已经死了，不如让它变得更鲜美一些。"郝宁满脸堆笑，"就像这回，既然车坏了是既成事实，我们不如把它好好利用一下。你看现在的结果，不管是杂志社，还是快马汽车，都获得了利益。双赢嘛，多好！"

何薇绮想反驳，一时竟然找不到回嘴的地方。这让她更加生气，把头扭到了一边。

"好啦好啦，这件事过去了。"郝宁靠到她身边，伸手抚摸她的后背，安抚她的情绪，讨好地说，"这也是成长的一部分。"

成长？何薇绮听过太多关于"成长"的"哲理"，每一次都是以她放弃为代价。"这是贿赂，是腐败，是……"随便是什么，反正这是错的，不言自明。

"如果你因此而离开，我能理解你。"郝宁收起了笑容，面孔渐渐变得认真。

何薇绮一愣："什么？什么离开？"

"没有辞职的念头就好。"郝宁还是板着脸，"我理解你的感受。就像我刚才说的，我经历过上百次被毙稿，这是真的。可是我现在还在这里，继续搞新闻。我见过太多人，受不了挫折转投其他行业。这也无可非议，个人选择嘛，没有对错之分。只是……"郝宁停下话头，盯着何薇绮的眼睛，"如果你真的放手的话，那么下一次有人需要你伸张正义时，你已经不在了。何薇绮，我只想问你一个问题：这次的事件，对你来说真的这么重要，值得你用后半辈子做交换吗？"

何薇绮彻底被这番话镇住了，她脑子里一团糨糊，万千思绪在脑海中四处游走，到头来无一例外都陷入泥沼。

看她迟迟没有回答，郝宁给出他的答案："这件事要我说根本微不足道，不过是辆汽车出了点小问题而已，连个受伤的人都没有，社会价值也不高。如果非让我选给哪条新闻陪葬，我肯定会选影响力更大、更有爆炸性、更有意义的新闻。"

和叶遥师兄的那条新闻相比，这条新闻怎么看都相去甚远。如果是那样的新闻，还值得拿自己的职业生涯做赌注，而如果是这条，就未免有点小题大做了。

何薇绮的情绪慢慢纾解，表情也不再那么凝重。

看到她的表情缓和下来，郝宁又轻轻地笑了。"好了好了，没事了。说了这么多，渴死我了。"他站起身，从冰箱里拿出矿泉水，大口吞咽，"你刚才的样子真的吓死我了，我还以为也会失去你呢。"

"给我也来一瓶。"说了这么多话，何薇绮都快渴死了。

听到这儿，他才又拿出一瓶水，拧开瓶盖，抛给何薇绮。

何薇绮接过矿泉水，打开，抿了一口。那一瞬间，她仰望着靠近的郝宁，他的身体被一圈柔光笼罩着，显得整个人都在闪闪发亮。

他总是能从令人意想不到的角度引导她。

何薇绮心中的尊敬之情又增加了几分，就连他那不属于自己心仪类型的容貌也顺眼了几分。

"好了，来，说说下午的事情吧。"郝宁坐回何薇绮身边，亲昵地将手搭在了她的肩膀上，"这篇报道值得追的话，就由你来做好了。"

"我来？哦，好的。"何薇绮从如梦如幻的意识中清醒过来，手忙脚乱地打开挎包，拨开装钱的信封，从底下掏出了笔记本，"情况是这样的……"

李叔、王婶是夫妻关系，来自距离 K 市几百千米的外省 A 村。他们是半路夫妻，王翠华之前结过婚，有个女儿。丈夫不幸过世之后，她和李宝富再结连理，不久后两人生了个男孩。两个人以务农为生，偶尔外出打工，收入还算过得去。

本来两个人以为生活就会这么过下去，将来等孩子长大了，有工作了，还能给他们养老，这辈子也就这样平淡地过完了。

突然有一天，几个警察来到他们家，将李宝富押上了警车。

这情境宛如晴天霹雳，王翠华死死地抓住走在最后的警察的衣袖不放，边哭边问："你们这是干什么?!"

警察出示了逮捕令。可是，半辈子都是面朝黄土背朝天的农民哪里看得懂这种官样文章？她连连说着看不懂，非要警察给个说法。

于是警察解释说，李宝富涉嫌强奸，被逮捕归案。

强奸？王翠华惊得下巴都掉了下来。这怎么可能？李宝富老老实实的，怎么会强奸？不可能，不可能！王翠华连连否认。

"被强奸的是钱叶。"

钱叶是王翠华和前任丈夫的女儿，所以随前夫的姓氏。王翠华嫁给李宝富后没有更改。

"更不可能！"王翠华更加大声地辩解道，"那可是他闺女啊，他怎么可能对自己的闺女下手？"

"我们有证据。"警察蛮横地说道，与此同时，高高地扬起胳膊，将王翠华的手甩落，扬长而去。

就这样，李宝富被带走了。两人再次相见，已经是法院审判之后，李宝富身处监狱中，王翠华前去探视。

那个时候，李宝富已被判处有期徒刑十年。

"涉及未成年人，不公开审理，所以王婶再得到消息时，审判已经结束，李叔开始服刑了。"何薇绮解释说，"李叔实际服刑八年多，因为表现良好有减刑，前年出的狱。"

两位老人看上去都很纯朴，也许王婶还稍微泼辣一些，李叔始终唯唯诺诺，连头都抬不起来几次，看上去倒不像是罪大恶极的模样。不过，以她屈指可数的经验来说，人不可貌相。不管对这对夫妇，还是对他们的孩子，都得一样慎重。

郝宁若有所思地点点头:"这个钱叶当时多大年纪?"

何薇绮翻了翻笔记本,回答:"李叔被抓时,她十三岁。"

"现在应该二十三岁上下,和我差不多。"何薇绮心想,她只比自己小三岁,算得上同辈人。一想到那个小女孩——现在已经是女人了——竟然如此蛇蝎心肠,有那么一瞬间,钱叶的形象和自己教过的那个亲戚之女的形象重合了,令何薇绮不寒而栗。

"这个切入点很有意思。"郝宁捏了捏下巴,"我们可以把李氏夫妇的情况和盘托出,这篇报道要提到钱叶虽然以前犯过小错,这一次却做出前所未有的坏事……"郝宁仿佛全身心沉浸在报道中,甚至看到了未来出版的杂志。

"只是……"何薇绮犹豫着,"我还没有听到钱叶怎么说。"

"所以啊,这正是这样写的意义所在。"郝宁笑道,"我们又不打算压制钱叶的声音,找到钱叶,让她也说话。站在报道中立的角度上,我们希望她能告诉我们真相到底是怎么样的。"

何薇绮心里有些不安。"法院的判决,不应该算是认可了她的话吗?"

"这只是一个方面,你写进报道里,让读者判断。"

"那个……法院的判决似乎和李叔、王婶的话不相符。"

"他们不是说有刑讯逼供吗?无论哪一方的话都不要全信,哪怕是公权一方。对了,"郝宁突然直起身子,看向何薇绮,满脸疑惑,"你说他们要找到钱叶?钱叶哪儿去了?"

"她十年前离家出走了。"

"我知道，我的意思是，"郝宁似乎在计算着什么，"他们为什么不找？"

"王婶说，那个时候她要独自养家糊口，还要照顾孩子，以及去探望李叔。"何薇绮回忆着两位老人的说法，"更何况面对陷害父亲的孩子，谁都会情绪爆发的，所以一气之下就没关注钱叶，等回过头来却发现她已经消失很久了。王婶想，那孩子既然这么恨这个家，她不愿意回来，索性就当没这个孩子算了。不久前，他们也去当地的派出所报过案，说钱叶已经失踪十年了，可是警方推三阻四，死活不肯立案，什么消息都不说，就把他们打发走了。他们这才想到媒体，想求助媒体找到钱叶。但是现在很多媒体对此无动于衷，他们这才找到咱们的。"说着，何薇绮突然想起什么，补充了一句，"他们特别感谢你，说只有你认真听他们说话。"

"问题不在于十年前为什么不找，而是为什么李叔被释放的那两年没找？"

何薇绮心想，对这一家充满了苦难的人来说，这又是一段痛苦的经历。"他们本来认命了，想凑合过下去，而且后半辈子还有个儿子当依靠，没想到他不久前发生意外过世了。"

"所以他们是因为依靠没有了……我明白了。"郝宁欲言又止，片刻后说，"这条新闻先放一放。"

"你刚才说这条会交给我。"她感到有些震惊。

郝宁还是笑眯眯的："我还是先和主编谈谈。你忙了这么久，先休息，放松放松。"

忙？她到底忙了些什么？刚刚被压下的那篇因为暗箱操作而被枪毙的快马汽车质量问题的稿件，又浮在脑海顶部。本来以为她能够得到新的机会，没想到到头来还是一场空。

尽管这是他惯常的笑容，却点燃了她胸中爆发的怒火。"你刚刚毙掉了我的稿子，又拒绝让我追新的新闻——你到底希望我干什么？我还有什么能做的？你们就是把我当作一个资料员：何薇绮你去找谁，何薇绮你去查那……我只配给你、给你们所有人当小工，其他的都没有我的份！"她永远是一件称手的工具，而不是独当一面的记者，"难道不是你说的，我不应该一辈子在你身后当个跟屁虫，应该去自己干出新事业吗？"

"Viki，别生气嘛。"郝宁讶然于何薇绮情绪的突然爆发，连忙站起来搂住她，轻轻抚摸她的背部，"对不起。我早该想到这一点，一直以来你都做得很棒，却没有得到应有的奖励。明明不是你的错，却由你来承担后果。对不起，这的的确确是不应该的。你配得上有自己的项目。"

郝宁闭上嘴，静静地搂着她，同时用手将她的头拨到自己的肩上。这时何薇绮再也忍不住了，她同样抱紧郝宁，任由热泪纵横，一直以来饱受的委屈都在此刻迸发。

过了好久，何薇绮甚至以为身体里的所有水分都从眼睛里流干了，她再也哭不出来，脑子里空空如也。

这时，她耳边传来了缥缈的声音："我觉得这个选题很有价值，就像我之前说的，这是一个新领域，你应该搞下去。但我必须去找主编谈谈——我一个人去就好，你就不用去了。我只是觉得主编会担心这个选题太危险，如果有疏漏，肯定会被反噬。我怕你又会做什么无用功……这样吧，你先开始调查，找到什么证据及时告诉我，我来说服他。如果有更明确的证据，我相信他会同意继续的。不过，你要有心理准备，主编可能会毙掉这个选题。"

她能分辨出来是郝宁的声音，却理解不了这些话的含意。她只是随着声音，麻木地点了点头。

"至于署名嘛，"郝宁突然提起了何薇绮一直关心的话题，"我得再次强调，报道上的署名不是荣誉，而是责任。你必须有充足的把握，确定报道中没有隐瞒或修改或遗漏，立场是中立的、公平的。否则总有一天，你会发现，你写出的错误报道成了你的绞索。"

"我明白。"当然。

"对我而言，我其实不关心报道上署谁的名字。我很愿意让你的名字在前，但是有的时候，我不得不做出牺牲。毕竟你还年轻，虽然主编不喜欢，但是在我看来，你是希望之星。"郝宁走到何薇绮面前，居高临下地看着她，眼睛里闪着光，"我哪怕能替你分担一些压力也好，当报道出现问题时，让他们来找我吧，不管是资本还是公权，抑或是黑道白道，都无所谓，有什么危险都冲我来！而你……你可以继续写下去。"

何薇绮这才意识到，原来不给自己署名，竟是郝宁保护自己的方式。她回忆起了叶遥师兄的遭遇，想到他的署名直接断送了他的记者前途。

"谢谢……"她感到有些惭愧，觉得自己以小人之心度君子之腹了。

"咱们休息吧。"郝宁轻声说道。

怎样被带进卧室，怎么躺在床上，如何被脱光衣服，她全都不知道。她的心绪全然在郝宁身上。郝宁是她最重要也是最忠实的支持者。他一直在默默地保护着自己。

等她回过神来，郝宁已经压在了她的躯体上。她迟钝地躺在床上，僵硬的身子随着郝宁的动作摆动，双眼直直地盯着天花板。她能听见郝宁的喘息声，也能听到身体碰撞的声音，以及时钟指针移动的嘀嗒声。身体痛苦地回应着郝宁的索求，她咬紧牙关，没有发出任何声音。

噪声已经够多了。

这是第五次，还是第六次？在噪声的干扰下，何薇绮的大脑似乎失去了计算能力，连这么几个数字都搞不清楚。

同时失去的，还有关于过去的记忆。她甚至想不起来，就在几分钟前，当郝宁提议休息时，她是否给出过肯定的回答。就像第一次躺在这张床上时一样，她完全记不得是否答应过郝宁的要求。

他聪明，长得也不错，给我很多帮助，他爱我。我从他身上学了很多，崇拜他，欣赏他……

我爱他。

对吧？

第二章

钱叶看到妈妈带了个男人回来，说这是爸爸，她们要搬去他的家。这不是爸爸，爸爸不是这个样子的。她指着墙上的照片，那才是爸爸。妈妈很生气，一直骂，让她闭嘴。男人过来，不让妈妈继续骂，摸摸她的头，说以后他就是新爸爸。

　　妈妈不许钱叶带走爸爸的照片，但是她想留下这张照片，这是爸爸唯一的照片。可是妈妈一把打落照片，旁边的日历也被撞到地上。阴沉着脸的妈妈揪起钱叶，把她拽上三轮车。钱叶一句话也不敢说。

　　妈妈在车上不停地念叨，让她听新爸爸的话。可是钱叶很明显在抗拒，她不喜欢他，不喜欢他的声音，不喜欢他的眼睛，不喜欢他的动作，更不想叫他爸爸。

　　可是钱叶喜欢新家。"家"这个字，让钱叶心动不已。自从爸爸死后，平日里那些慈眉善目的叔叔伯伯婶子大娘，一下子就变了脸色，毫不留情地把她们从一直住着的家中赶了出去，说什么女人不可以继承家业。无处容身的母女到处跑，妈妈如果能找到一天的工作，钱叶就能得到一口热饭，晚上蜷缩在四面漏风的屋檐下。就连这样简陋的住所，也住不了多久，一旦妈妈找不到活干，那么她们不是被人强行赶走，就是不得不偷偷跑掉。没有地方待时，她们睡过路边、桥洞底下，被雨淋，挨过冻，更没有饭吃……

那不是"家"，只不过是留宿过的地方。

这里不一样。这里是"家"。下了车，钱叶惊讶地看着这座仿佛城堡一样的建筑，心中却惴惴不安，担心自己配不上。这套房子竟然有两层，外墙面还是新的，完整无缺，没有用灰泥填补的破洞；就连窗户上的玻璃也没有裂痕，不需要用塑料布贴补。这里可以遮风挡雨，能够抵御烈日和寒潮的袭击，仿佛世间所有的残酷都被屏蔽在砖瓦之外。

那个男人柔声说："进屋吧。"

"快点，还不赶紧搬东西。"妈妈也在催促着。

钱叶迟疑地点点头，吃力地抱起一大件包裹，向着梦想中的家园走去。钱叶的心中满怀幸福的憧憬，也饱含着对未来的不安，她对自己说：只要能一直住下去，让我做什么都行。

第三章

何薇绮不时从办公桌的隔断后面冒头看一眼郝宁的办公室。结果他一直没出现，不知跑到哪里逍遥去了。郝宁说会去找主编，看起来又放了鸽子。

何薇绮关于快马汽车的报道压根没被采用，甚至连选题都被废弃，然而她还是闲不下来，周昕又把莫名其妙的工作塞给了她。

"搜集一些资料，很容易的。"周昕轻巧地说着，随手把一页薄薄的打印纸放在她的办公桌上。

别看只是一页纸上的几行字，真找起来，可不那么简单。何薇绮翻遍了搜索引擎，在浩瀚的网络中，她仿佛大海捞针一般，仔细地检索着寥寥无几的信息。

"冤案""审判后证据存放在哪里""赔偿""法律程序"……何薇绮检索着互不相干的主题。她对这些信息完全没有概念，茫然地在一行行认识却无法理解的文字中纠缠。

案件审理结束，得出的审判结果并非最终的结论；因为这个结论是基于现有证据得出的，如果有新的证据，无论何时都可以再次上诉。案件审理结束后，那些证据也会发还到相关人手中，无法发回的、有价值的，甚至还会被拍卖或变卖，收入国库，而不是何薇绮以为的永久留存。真正永远留下来的，只有凶器之类的。至于包含证词、当时的情况、审判过程等的卷宗，按照《中华人民共和国档案法》的规定，一般保存在法院的档案室里。

前两年，有一起严重的刑事案件时隔数年后被重新审理，最终翻案的一条重要原因，就是当年作为关键证据的在案发现场提取的物证都已经遗失。关键物证的丢失，让寻找真凶变得困难，而其他口供、证人证言，并不足以证明当事人作案。由此，这起案件最终成功翻案，当事人沉冤得雪，在经历了数年的牢狱之灾后，终于重获自由。

于是，何薇绮顺便查了一下"钱叶案"的信息，可能因为涉及未成年人，又或许年代久远，网上并没有详细的卷宗。不过她看到了一个坏信息：审理过"钱叶案"的法院，前年似乎因为年久失修意外失火，幸运的是没有人员伤亡。不知道卷宗是否还在，但联想到巴黎圣母院的大火，何薇绮担心凶多吉少。

等到她整理好资料发给周昕，抬头想告诉他一声时，才发现早已过了下班时间，前座早就空空如也，偌大的办公室里只剩下她一个人。她连忙收拾东西，关上电脑，跑了出去。

又过了一天，郝宁才出现。一看见何薇绮，他就三步并作两步地走过来，指了指办公桌前张着嘴巴的她说道："你过来一下。"

难道是……何薇绮跳到了郝宁的办公室里，兴奋地说："主编同意了？"

郝宁回身关上了办公室的门，面对何薇绮扬扬自得道："有我出马，你还有什么好担心的。"

何薇绮搞不清他是不是在开玩笑，于是谨慎地没有接话。

"我向主编请缨，就由咱俩全程追踪，写成系列报道。主编同意了，登在下月刊。"

"太棒了！"何薇绮不禁发出了欢呼，"我一定会把这篇文章写好！"她心想，从警方刑讯逼供入手，他们仅仅依靠薄弱的证据，就将一家人从幸福打落至深渊底部，她得将警察的傲慢和野蛮展现出来；然后是不作为的检察机关和法院，他们纵容甚至鼓励暴力机关的违法行为，为了掩盖一个错误，制造出更大的错误……

"但是切入的角度要改变。"

"什么意思？"何薇绮挣扎着从自己的思绪中抽离，疑惑地问道。

"咱们昨天商量的，公职部门犯错之类的东西，全都不要写。"郝宁就像洞悉了她的想法一般，"重点只是寻找钱叶。"

何薇绮刚刚燃起的斗志又有些衰退了："为什么？"

"我知道你是怎么想的。"看到她有些泄气，郝宁赶紧补充一句，"我和你的看法一样。"安慰完自己的下属，他解释道，"只是你也清楚，现在咱们手上其实一点证据都没有，如果就这么两手空空地报道出去，贸然给那些公务员当头一棒，其实相当于给他们提了醒，让他们有机会篡改或者销毁证据。他们可是有全套证据的，如果那些'大檐帽'想反驳，随手抛出几条对咱们不利的证据，都足以让读者失去对咱们的信任。所以咱们现在不能打草惊蛇。我们要说的和他们没关系，压根就不给他们反驳的空间；与此同时还能勾起读者的同情，让读者站在咱们这一边。更何况，主编也担心，之前咱们得罪过他们，万一新仇旧恨一块儿算，咱们肯定扛不住。相反，从侧面出击，咱们只要找到了钱叶，就等于掌握了铁证。让她说出真相，证明之前的所谓的罪行都是子虚乌有，是故意构陷，立刻就能让公家的那些所谓的证据链全都失效。那时就算他们抛出什么证据，也不会有人相信。因为掌握了足够证据的可是我们，到时再去揭露那些警察、检察官的违法行为也不迟。然后，我们就可以发挥媒体的第四权，与其他媒体联动，让他们在全中国人民面前彻底暴露，给他们来个一锅端。"

何薇绮边听边分析，觉得他说得很对，自己的想法太直接了。古人说，欲速则不达。郝宁的办法，确实是现阶段最有效的，既可以调动起读者的同理心，也可以将公检法介入的机会尽可能减少。

以前上课时，老师讲到新闻能够鞭挞邪恶，可是现实中，自己何时才能像正义女神朱斯提提亚那样，真正地挥舞起宝剑，斩杀所有的罪恶？何薇绮想，明明自己是正义的一方，为何却要思前想后，迂回前进？邪恶的一方为何可以肆意横行，无所顾忌？

何薇绮暗暗叹了口气，至少自己走在伸张正义的道路上，虽然这条路既曲折又漫长，但至少冲破了乌云的第一缕阳光出现在了地平线上。

"我明白了。我一定会把报道写好！"女记者充满活力地对上司说道，同时这话也是对自己说的，是对自己的激励和鼓舞。

郝宁拍了拍她的肩膀："这篇一定要写好。当年我可是顶着主编的压力把你招进来的。你可得好好露一手，让主编瞧瞧。"

这件事情她还是第一次听说。何薇绮不安地揣测，自己到底哪里不合适：学历够高啊，在校成绩也没问题，面试时发挥也很好，还有哪里……

"主编想招个男的，能到处出差，吃苦耐劳的那种。我说你可以干得更好。"郝宁的手垂了下来，"加油，Viki，一定不能拖稿。"

得到直属上司的肯定和欣赏，何薇绮心里暖洋洋的，她感激地点着头。

郝宁露出了坏笑，狠狠地拍了一下何薇绮的屁股。"我就喜欢你这干劲十足的样子！"

听到了这句话重音的位置，她再蠢也能明白话里的猥亵意味。

她不情愿地对郝宁挤出了笑容，但一转身就立刻收起嘴角。回到座位上，她控制着思绪，努力把所有的心思都投入文章中，但直到下班，她也没想好该如何开头。

报道如期刊登在《声援》上，署名是郝宁，何薇绮的名字在角落里，不是作者。即便如此，她也还算满意，即使字号不一样，但至少在同一页上。报道的题目特别长，这是郝宁的杰作，也是他对文章的唯一修改之处。他认为现在是快餐时代，以前或许还能靠文章的开头吸引读者，如今已经必须从题目就开始抓人。何薇绮最初定的题目叫《A村一叶》，典出"千古奇冤，江南一叶；同室操戈，相煎何急"。其中暗示有冤屈，还指明了来自至亲的背叛，又点出事件的发生地，同时包含了当事人的名字——叶。她自以为这个题目堪称绝妙。

没想到郝宁对此非但无动于衷，相反还认为淡而无味。他亲自上阵，取了个题目叫作《未成年美少女让父亲背上强奸犯的恶名长达十年，自己从此销声匿迹，就连亲弟弟临终的最后一面也狠心不见》，简直像是初中生写的内容归纳。印在杂志上，光是文章的标题就占了半页，在目录上都占了好几行。

可是这并不全是事实。且不说她弟弟李威不幸过世时没有人试图找过她，关键是十年前的钱叶从任何意义上都很难被称为美少女，更何况案发时她的年龄还属于幼女范畴。

"给读者留点想象的空间。"郝宁眨眨眼，"再说，你不能只凭一张照片就做出判断。常说'女大十八变'，说不定现在已经变漂亮了。"

"两张。"何薇绮低声自语，"我看过两张照片呢。"

她的父母起初只提供了一张照片，还是张年代久远的全家福。与照片上的其他人相比，钱叶显得格格不入。她站在父母身边，母亲抱着儿子李威，和父亲靠得很近，和她却隔着半个人的距离。被抱在怀里的李威笑得很开心，手上似乎拿着棒棒糖。而她的眼睛似乎盯着那颗糖，侧着的脸上挂着迟疑和不安，一只手在嘴边，另一只在身后。

他们记不清拍照的时间，只记得是 2005 年前后，推算钱叶那时应该是十二岁。

"这张照得不清楚。"为写这篇报道继续收集信息时，何薇绮随口问了李宝富和王翠华，"还有其他的照片吗？"

两人对视一眼，一齐摇摇头。

"家里穷，买不起照相机，这张是我们请同乡用手机照的。手机后来坏了，只保存下来这么一张。"

她对比自己的小时候，震惊不已，认为再怎么穷，至少钱叶也会有几张独照，没想到竟然一张都没有，甚至连合照都差点没保存下来。

何薇绮反复端详这张照片，里面的钱叶怎么看都只是个青涩的孩子。可是仅仅一年之后，情况就发生了突变。2005 年到 2006 年这短短一年间，到底发生过什么？

"啊，对了，还有一张。"王婶突然想起了什么，她埋头在随身带着的蛇皮袋里翻了几次，终于找到了一张身份证的复印件，"原件那家伙带走了，只有这个。"

这张的清晰度也好不到哪里去，但好歹是张独照，还是大头照，多少能看清面貌。钱叶颓然地看着镜头，眼神里却透着期待。和何薇绮想象中的超出同龄人的精明完全不同，身份证上的钱叶给人的感觉，既像充满好奇的稚气未脱的孩童，又像失去希望的垂暮老人。除了眼睛，她的脸毫无特点，不可爱，也谈不上难看，就像是大街上随处可见的路人。如果容貌也有分数的话，那么她的得分处在略低于平均分的那一档。

办证的时间正好是十年前，这张身份证早已过期，和那上面的照片一样。十年的光阴，足以在一个人原先的面孔之上重新塑造出一副新的面容。

总比没有好吧。何薇绮无奈地想，然后把这些资料都收了起来。

"只要发了文章，就能找到那家伙了吧？"王婶迫切地问道。

坦白讲，何薇绮不这么认为。现在纸媒和几年前的黄金时代已经无法相提并论，它已然在衰退了；网络才是真正的主角。如果这篇报道真的可以引起网络大讨论，在那些论坛、微博等引起重视，经过几轮转发——按照著名的"六度分离理论"，她和钱叶之间只隔着六个人——就可以通过网友找到她。

当然其中有很大的偶然性，也许能找到，也许找不到，完全没有规律可循。正是由于网络带来的信息大爆炸，信息得到得太容易，反而很难从中筛选出有价值的情报。就像她之前在网络上寻找罕见病专家一样，很短的时间就能接触到上百位"专家"，但是要想从中选出"适合的"，就不是那么轻而易举的事情。

　　既不想打破王婶的美梦，又不愿意撒谎，犹豫了片刻，何薇绮用冠冕堂皇的言辞做出了回答："我们会尽力的。"

　　从王婶的表情上看，自己的回答并没有令她满意。带着一丝愧疚的心情，何薇绮收拾好资料离开了。

　　刊载在杂志上的照片，四个人的眼睛都被打了马赛克，这下读者更难识别出钱叶的面容。她的户籍信息也登在了报道底部，名字被遮住，只展示出姓氏，至于其他的信息，也大半被打上了马赛克。如果不打，似乎面临着某些法律上的风险。而且按照法务的要求，"钱叶"的名字被改成了"钱某"。

　　"郝主任，这东西有什么用？"何薇绮发泄着胸中的不满，"什么信息都不公开，还怎么让人帮忙找？那些法务倒是落得轻松，咱们自己的工作却无法开展。"

　　"哈哈哈，小事一桩。"郝宁笑得很开心，似乎他早就想好了应对之策，胸有成竹。

　　"你倒是说说怎么办啊。"

　　两个人围坐在何薇绮的办公桌前，边看着新出版的《声援》，边讨论。何薇绮还没有自己的办公室，只能在公共区域的办公桌上办公。她羡慕郝宁拥有自己的办公室，能够躲进属于自己的区域，不必时时忍受着周围不断响起的电话铃声、联系业务的说话声、敲击键盘的打字声、打印文件的嗡嗡声……她盼望着有朝一日，也可以坐进属于自己的办公室。

可惜从过往解决的事件来看，自己的道行总是比郝宁低一级，每次自己束手无策的时候，他总能提出令人眼前一亮的绝招。

他左右看了一眼，见无人注意，便将头贴到她的耳边，带着笑说："晚上来我家，我告诉你。"说完，他站起身，低头对着何薇绮挤眉弄眼。

何薇绮迟疑着点了点头。

她早就猜到，那张巨幅结婚照还留在原地。

照片上的郝宁身穿黑色西装，笑得非常开心，站在妻子身后，双手搭在妻子的肩膀上。他的妻子身着婚纱，坐在前面，脸上同样露出美丽的笑容。

似乎注意到何薇绮的视线，郝宁尴尬地笑了。"明天我就把它撤下来。其实我和她马上要离婚了。"

她把眼神转回到郝宁身上。"真的有办法绕过马赛克吗？"

"坐下说。"郝宁把她拉到沙发上。

靠在他的身边，何薇绮可以嗅到他身上的气味，是一种坚信自己可以解决所有难题的味道。也许这就是郝宁吸引她的原因，正好填满她所欠缺的那部分。

"你要多关注其他部门的诉求，只要明白了核心点，问题就能迎刃而解。"

"那法务部门的诉求是什么？给咱们添麻烦？"她偷偷翻了个白眼。

"显而易见，他们要规避法律风险。"

这不是废话嘛！"我当然知道了。"

"既然你明白，那法务帮的是谁？"

"是社里呗。"

"这不就结了嘛。"郝宁一副问题已解开的模样，微笑着看着何薇绮，缄口不言。

喂喂，你别话就说一半啊！"到底是怎么回事？"

话音未落，门外响起了敲门声。

郝宁愣了一下："谁？"郝宁突然变得非常紧张，声音高亢，几乎破了音。

"外卖。"

"我没点过……"

"我点的。"何薇绮打断了他的话，从沙发上站起来，心想：每次到你家都快渴死了，还不许人家点几杯奶茶？"稍等，马上。"

郝宁抓住何薇绮的手，阻止她向门口移动。

"怎么了？"她不满地瞪了他一眼。

郝宁站起来，抱住何薇绮，同时高声说道："放门口就行了。"

门口响起了塑料袋的声音。过了很久，他放开手，走到门边，从猫眼里看了几遍，才把门开了条缝，头探出去，又往走廊里看了几眼，这才放心地打开门，提起门口的奶茶，迅速回来，重新关好门，锁上。

完成了这一套动作之后，郝宁拎着塑料袋，放在客厅沙发前面的桌子上，面色凝重："下次不要再做这种事了！"

"有什么关系？"何薇绮在心里说，点个外卖而已，至于吗？说着，她拿起一杯，用吸管刺穿上面的塑料薄膜，刚要享受芝士的咸味和草莓的香甜混合的滋味，却被郝宁抢了过去。"你干吗呢？要喝那儿不是还有！"她不满地指着桌子上的另外一杯。

郝宁不说话，端着杯子上下左右看了个遍，才把奶茶还回去。

何薇绮挑衅地吸了一大口。"你还怕有毒吗？我先喝，要是我出事了，你就别喝了。"

"Viki 啊，你真是一点警惕心都没有。""语重心长"这个词她以前只是学过，现在终于用上了。"你知道为什么我这么小心吗？我真的怕里面有毒啊。"

这话一说，吓得她差点咽不下去。"啊？你说什么？"她的眼神在奶茶和郝宁的脸之间来回移动。

"干咱们这行的，少不了得罪人。"郝宁看着何薇绮受惊的模样，忍俊不禁，"你接着喝吧，我检查过了，这杯没事。"

可是她也没兴趣喝下去了。她一屁股坐进沙发里，奶茶杯丢在了桌上。

"咱们干的，是为民请命、揭露黑暗的活，有多少人就因为咱们的一纸报道进了班房，丢了乌纱，砸了饭碗？你想，得罪了他们，他们能轻易放过我们吗？哪一个不是处心积虑地要报复？"

何薇绮眼睛瞪得大大的，立起耳朵仔细听着。她曾经以为叶遥被开除已经是顶格的后果了。

"去单位堵门，在车身上喷漆，打恐吓电话，这简直是小儿科。"郝宁严肃地说，"远的不说，近的就有因报道'地沟油'、报道'矿难'、报道'黑恶势力'而被杀的记者。"

何薇绮第一次意识到自己选择的职业竟然如此危险，随时可能面临死亡的威胁，她不禁感到心惊肉跳。"你遇到过多少次？"她用崇敬的眼神看着年长的上司。

"呃，那就数不胜数了。"郝宁连忙补充道，"所以我从来不随便开门。我压根不在家点外卖，查水表的得在门口等着报数——信得过的自己人放进来，不认识的外人休想进门。"

新人记者恍然大悟，一方面赞赏上司远见卓识，另一方面又为自己的安全担忧。

郝宁看到何薇绮混杂着钦佩和惊慌的表情，鼓励似的对她微笑。"这正是记者被称为'无冕之王'的原因：我们站在社会的最高处，俯视人间。虽然我们的收入和面临的风险不成正比，你自己就是记者，每个月这点钱也就刚够糊口……"

这话说得何薇绮心有戚戚。工资刚到手还没捂热乎，固定开销就占去一半，吃喝用度也不容小觑，外加必不可少的交通费、更新换季的衣服的钱，时不时冒出来的交际费用，等到月末，手里剩不下多少，只比"月光"强那么一点点。说起来，过几天有场高中同学聚会，又要破财，肯定还会碰见那个实在不愿意见到的……

"但是一想到弱势群体因此而得以被社会关注，一想到黑暗

面因此而暴露在艳阳之下，一想到冤屈因此而被拨乱反正，我就
觉得我的工作有意义；不是为了这点琐碎银子，而是我不断客观
地探求真相，让无辜者得到公义，让施暴者受到惩罚，我就觉得
我的工作有意义。比起'无冕之王'的头衔，我更喜欢这样一个比
喻——'倘若国家是航行在大海上的一艘大船，新闻记者就是船
头的瞭望者。'瞭望大海的一切，在白纸上既写下蔚蓝的海面，又
写下危险的冰山，这就是我工作的意义。"

何薇绮不禁在心中为此番慷慨激昂的演说击节叫好，这番话
让她心潮澎湃，心跳的速度不断攀升，久久降不下来。维护社会
的公平和正义，不就是自己所追求的嘛，郝宁的观点和自己的观
点竟然不谋而合。不对，何薇绮仔细想了想，这也是所有媒体人
的追求和愿景。正是这个看似缥缈的目标，指引着她不断前进。
每一次采访、每一个字词、每一篇稿件，积累下的踥步，不断拉
近她与信仰的距离。

沉浸在激昂情绪中的何薇绮，很快就联想到了此刻自己的目
的。寻找钱叶的报道，对她来说具有决定性的意义。找到钱叶不
是终点，只是开始。何薇绮要的，是以钱叶为突破口，将腐烂的
圈子连根拔起。

郝宁的话语充满了力量，但是坐而论道毫无意义，得尽快找
到这个年轻的女孩。她的正义感不断提醒她要加快行动脚步。

"所以，你说绕开法务的办法是什么？"

"啊？"郝宁反应好一阵，才明白何薇绮的意思，"哦，你说那

个事情啊……"他有点怏怏地说。

"你叫我来不就是为了这个事情嘛。"何薇绮皱起眉头，用怀疑的眼神看着他。

"当然，当然。"郝宁的语气似乎很失落，"只要不涉及社里，法务部自然就管不着。你要是想把没有修改的照片发出来，就别用真名实姓，随便找几个小号在网上一发，再叫上几个大 V 转发，信息不就散播出去了？"说完，他露出了狡黠的笑容。

"可是……好像有些不道德。"她觉得这个办法不是很妥当。

"天下的道义有大义和小义之分。大义自然是维护社会正义，小义是按照规则行事。为了大义而牺牲小义，是理所当然。相反，大义有亏而全小义，哪里说得过去？遇到这样的选择题，有什么可犹豫的？"郝宁板起脸，严肃地说。

"好吧。"她迟疑着，盘算起自己有多少小号。不多，和大号的关联性还强——啊，对了，过几天不是有同学会嘛！果然是办法比问题多。

何薇绮佩服灵机一动的自己，露出了微笑，心想自己的鬼点子其实也不少呢，早晚赶上郝宁。想着，她端起奶茶喝了一口。

可惜放得太久，杯中的冰块已经化成水，不仅不凉，反而冲淡了奶茶的味道。

一点也不好喝。

同学会定在周末晚上，何薇绮本以为不会迟到，不想竟然还被叫来加班。本来和自己没有关系，可是同事非扯她进来，害得她不得不早起赶到办公室，费了很大劲，才把隔壁的同事周昕交代的工作干完。一抬头，她却看见对方在悠闲地喝着养生茶，玩着手机。

"周哥，我弄完了，把资料发到您的邮箱里了。"说着，她收拾起东西，准备离开。如果现在就走，还能赶在开始之前到达。

"干得很快啊。"言辞和语气根本不合拍，"我这里太忙了，把这部分也查一下吧。"周昕甩了一沓资料过来，厚得简直能砸死人，"谢谢啦，小何。"

"周哥，不好意思，我一会儿有点事，现在必须出发了。"明明是给别人帮忙，何薇绮的态度却好像自己犯了错。

"哎呀，什么事这么着急？"

"高中同学会，我们好久不见了，而且……"

"这事不着急嘛，晚一点也没关系。"周昕似乎是在和她协商，但根本是命令的口吻，"工作才是急事，先干完手头的工作再去。"说罢，根本不给她反驳的机会，他就端起杯子离开了。

哼，你当然不着急了，巴不得留在单位吹空调，把家务活踢给你老婆。呵，不管在哪儿，都把活推给别人！

可是所有的勇气都被用在内心爆发的咒骂里，没有一丝一缕能转化成外在的表现。她只好气鼓鼓地拿起资料，重新打开电脑，继续工作。

等到她赶到聚会地点时，盘子都空了一半。

"不好意思，迟到了。"她进门连忙道歉，"被拉去加班了。"

"咱们之前可是说好了的，谁迟到可是要罚酒的。"当年的同桌余屏屏拿起空杯倒满可乐，"何薇绮，你得连罚三杯！"

大伙也跟着起哄。

何薇绮接过杯子喝了一大口。一路连跑带颠，她早就口渴了。

"行了行了，意思意思就得了。"余屏屏拉着她坐下，帮她夹了点菜，"多吃点。"

何薇绮抓紧时间多吃几口，先填饱肚子再说。大家聊着近况，她听了一阵才跟上进度。

余屏屏竟然学了建筑专业！这一口菜卡在嗓子里，咽也不是，吐也不是。

当年余屏屏物理学得一塌糊涂，还不是靠自己的帮忙才勉强过的会考？文理分班，物理成绩不佳的余屏屏去学理科，反倒是何薇绮被父母蛊惑学了文科。后来她知道余屏屏考上了个理工院校，可是谁能想到当年连力学都搞不明白的她，现在竟然能去搞建筑了？

何薇绮强忍着不适咽下，轻声问道："我还以为你会去搞音乐。"这话只能算调侃，不过当年要是余屏屏拿出沉浸在流行音乐中的一半精力，说不定物理还能再学得好一点。

"早就不听了。现在对着电脑屏幕画图。"余屏屏的样子并不高兴，"钱少事多，而且靠的都是老专家的经验，我就是个打杂的，让我怎么改就怎么改。经常改完了发现超红线了，还得再改回来。"

　　那也不错了。何薇绮心里暗暗叹气，如果当年没有听父母的话，说不定现在造大楼的就是自己。"好厉害！"她发自内心地说。

　　"哪有何大记者风光，"余屏屏假装生气似的撇撇嘴，"你成天穿套装，化美妆，见的都是领导干部和大老板，还能上电视。我们整天缩着脑袋和电脑打交道，知道的我们在搞建筑，不知道的还以为我们是修电脑的呢。"

　　"哪有这种事。我去的是杂志社，又不是电视台。再说哪有什么领导，顶多见到主任医师。"而且干的是跑腿的活，好不容易写出来的文章还不能发表。

　　"总比我强。"余屏屏幽幽地补充了一句，"我才羡慕你呢，早知道当年我也学文科了。"语气里有一半是认真的。

　　何薇绮不知道该怎么回答，幸好旁边的同学插进来，问道："何薇绮，你来得晚，刚才我们在聊最近干了什么。你都干什么了，赶快给大家交代交代。"

　　"坦白从宽！"某人明显摄取了过多的酒精，口齿都不伶俐了。

　　她最不愿意见到的就是这个家伙——白涛。他高中时代就在追求自己，不对，该叫骚扰才对。她拒绝过好多次，先是委婉的，后来是直接的，可是他就是不死心，一直到上大学还不消停。直到工作后更换单位的手机号，才彻底断了联系。

　　"我在《声援》杂志社当记者，写过几篇报道。"没署名，"参与过几个社会热点话题，嗯，算是起到了一点作用。"在网上指指点点，线下也没人承认。

饭桌上响起了喝彩声。"厉害！""可以啊！"赞扬声不绝于耳。

"具体有哪几个？"果然有没眼力见的人追问。

"'千寻'网络公司的'罕见病网络交流区被卖'那件事，我算是全程参与。"何薇绮盘算着，这篇好歹有署名，虽然在角落里，而且上面写的只是"实习生何薇绮对本文亦有贡献"，不过不会有人真翻着看的。"我找到了几个专家，"一个，"依靠他们的专业知识，把骗子的勾当一一揭穿。"文章里只是笼统地提了一句"更换管理员后，交流区里有用的信息一扫而空"。"最后这个交流区被移交给了专业团队。"她是在网络热议之后才参与的，最终也是在极大的负面舆论之下，"千寻"网络公司的管理层才妥协的；《声援》那篇报道的作用顶多算压死骆驼的稻草，还是众多稻草之一。

不明就里的同学们给予她掌声和赞美，让何薇绮产生了虚假的自豪感。这些赞扬不是她该得到的。她在脑海中轻声安慰自己："我的确也做出过贡献。"

突然想起，自己还要向同学们求助，趁热打铁，她把现在面临的境况简单叙述了一遍，希望大家帮忙发些帖子。

"真是恶童。""连自己的父母都不放过。""太可怕了。"

大家义愤填膺，纷纷表示要帮忙，把这个恶毒的女人爆料到网上。何薇绮窃喜，有了他们的帮助，钱叶的信息将被毫无保留地在庞大的赛博空间公开，看到的网友将不计其数，这样不日就会有人出来爆料，说不定就能找到钱叶。她打开手机，正要把户籍和身份证的完整信息发进同学群里。

"这只是她父母单方面说的吧？"坐在她身边的余屏屏好像有点不安，"真相还不清楚吧？"

"我倒是也想听听她说啊，可她一直不出面嘛。"何薇绮觉得余屏屏在找碴儿，这么显而易见的事还能看不出来？"所以我才要找她的呀。"

"不是，我的意思是……"余屏屏像是在构思该怎么回答，"嗯，我是说，如果——只是假设啊，如果那孩子是清白的，她好不容易才摆脱了这个家……"

"不可能。"何薇绮自信地打断了怀疑论者的发言，"刑讯逼供，外加证人说她喜欢撒谎，多明显。"

余屏屏不像是被说服了，更像是思考着该如何反击。何薇绮完全没有料到给自己添麻烦的，竟然是自己曾经最亲密的伙伴。余屏屏这么一说，好多同学脸上也露出了迟疑的神色。不行，不能让她影响了别人。何薇绮先下手为强："屏屏，如果你觉得有问题，就不要发好了。"然后她转向大伙，做出求助的表情，"麻烦老同学，请你们多发发，请别的朋友也帮忙发几条。非常感谢。等找到那女孩，咱们再聚一次，我请客。"

响应不如之前热烈。

余屏屏转向了饭桌的另一侧，竟然看着讨人嫌的白涛！何薇绮现在算是认清楚了，余屏屏就是个白眼狼，当年自己白教她那么多物理知识，没想到教出来一个不辨是非的反社会分子。"白涛，我记得你是律师，你来说说，这事对不对。"

所有人的眼睛都盯向曾经的跟踪狂。

"呃，其实吧……"白涛不好意思地摸摸头，局促地回答，"那个……我还没通过司法考试，现在只是律师助理。"

"那也比我们懂法。"有人起哄说。

"好吧，我觉得吧，那个……"白涛匆匆扫了一眼何薇绮，眼神里带着不安，"只要没被定罪，就是清白的。"

一个同学脱口而出："这不是废话嘛。"

余屏屏又冒冒失失地跳出来，追问白涛："泄露他人信息，这犯法吗？"

他只敢看何薇绮一眼，眼神里带着歉意。随后他就低下头，咽了口啤酒。"算侵权，不算犯罪。"

"侵权是什么意思？"余屏屏还没开口，就有人好奇地追问。

他犹豫了一下，补充说："那个……未经公民许可，公开其姓名、肖像、住址和电话号码，受害人有权要求侵权人停止侵害，采取措施消除影响，恢复名誉，赔礼道歉。呃，受害人还有权要求侵权人赔偿损失。"

"简单地说，我们要是发了这个帖子，那个女孩就可以告我们，告赢了，我们就得赔钱，对吧？"余屏屏越发理直气壮。

"嗯，是。"白涛的表现，就好像犯罪的是他本人，声音低到像蚊子叫，头简直要扎到桌子下面。

"那还是算了。"饭桌上有人笑着说，"我这点工资可不够赔的。"

"哈哈哈，就是。"

此起彼伏的笑声在何薇绮听来很刺耳。她咬紧牙关，语气尽力保持着平和："这样吧，我先发到群里，谁有空帮忙发一下就行。"

"还是算了吧，群管得也严，万一连累了我这个群主，可就麻烦了。"一直没有参与话题的班长站出来说道。当年他就是个墙头草，这么多年一点没变。

"犯法的事我可不干。"餐桌上的人纷纷倒戈。

果然都是些毫无正义感的小人。何薇绮刚要把郝宁那番大义与小义的理论搬出来，给他们做个精神洗礼，就有不识相的端起酒杯。

"难得人齐了，大家一起喝一个！"

这个时候你插什么嘴？

周围的人都举起了酒杯，她也不得不装模作样地照做。

"干了干了。"有些酒鬼迫不及待。

"先说祝酒词。"班长只有在这个时候会露面。"重逢愉快！"他大声喊道，举杯畅饮。

大家喝下杯中的饮料，何薇绮也勉为其难地抿了一口可乐。

等放下杯子，大家又恢复成一盘散沙的局面，三三两两凑成一团，过去的好朋友现在依然聊得尽兴。她再想挑起这个话题，却失望地发现没有人关注她，就连身边一直挑刺的余屏屏，也不再搭理她，跑去和别人搭话了。

她郁闷地夹了两筷子菜塞进嘴里，无滋无味。有人出现在她身后，不用问也知道是白涛。

"嘿，何薇绮，你好。"他涨红了脸，端着酒杯过来，饱含歉意地说，"好久不见。"

不见更好。"好久不见。"何薇绮也站起来，假装踢不开椅子，侧身对着他。

"我知道你是想请大伙帮忙，我说的也只是法条，嗯，没有想到……"

"没关系，没关系，你也是为了大家好。"她忍不住讥讽道，"谁也不想让同学们犯法，是不是？"

"是是，我也是这个意思。"白涛忙不迭地点头。

没听出自己的讽刺，白白浪费了这一击。"不愧是大律师，想得还挺周全。"一击不中，就再来一击。

白涛完全没有受到打击的感觉。"哪有，我还没考上呢。司法考试特别难，我考了好几次都不行。"

算了，跟瞎子抛媚眼，不是，跟白痴说俏皮话，压根起不了作用。"祝你早日成功。"她随口祝福道。

"谢谢，谢谢。"白涛忙不迭地感谢。他举起杯子，见她似乎没有反应，竟然伸手去拿她桌上的杯子，递给她，还在杯口碰了一下："也祝你早日找到那个女孩。"说罢，将杯子里淡黄色的液体一饮而尽。

何薇绮端起可乐，象征性地喝了一点，心想：要是没有你在这儿胡说八道，我早找到了。等一下，那家伙为什么还在傻笑？客套话都说完了，怎么还不赶紧离开？

何薇绮不满地握紧饮料瓶，心头暗道："如果还是纠缠不休，我就把饮料泼你脸上。"

"那个……"白涛低头，手忙脚乱地翻开口袋，掏出一张卡片递了过去，"这是我的名片。我们所，有寻人的业务。如果你需要，可以来找我，我帮你安排。"

"啊？"这个回答出乎何薇绮的意料，她不禁吃了一惊，没法及时反应。"谢谢。"她嗫嚅道，手里捏着名片，想了好一会儿。

这篇"寻找钱某"的报道，引起的反响很强烈，在网上表扬的、谩骂的、观望的，持各种态度的网友都有，一如既往。可惜空有如此大的流量，她接到了无数电话，收到了无数邮件，得到的却只有垃圾信息，钱叶依然杳无踪迹。

毕竟无法曝光有效信息，能得到什么样的反馈，他们心中有数。郝宁嘴上说着不着急，脸上却明显流露出焦躁。他手上还有其他报道需要追踪，按照惯例又会消失一段时间，于是这个烂摊子又回到何薇绮手上。

第一篇报道已经发表了，开弓没有回头箭，何薇绮决定继续调查。就算没有人帮忙，哪怕就剩下她一个人，她也要找到钱叶，解开谜团，拯救旋涡之中的李宝富和王翠华。作为记者，揭露黑暗，维护社会正义，这不是理所当然的嘛！

在电脑旁边白白浪费了几天时间，确认网友们给不出任何有价值的回复之后，她必须另寻道路。回忆往昔，她再次想起郝宁给她提的醒：如果网上找不到信息，那就拿上名片，多走路，四处去撞，总能撞出一条出路的。不过这一次应该去哪个单位呢？上次是罕见病，所以该去医院；这一次，找人，应该去向哪个单位求助呢？

找警察肯定没有用。李叔和王婶求助过了，在这套官官相护的系统里，没有人站在他们这一边。找救助站或收容所也没有用。她曾经想，钱叶年龄小，钱花光之后会怎么办？找救助站的确是解决方案之一。经过电话询问，得到的答复是，救助站一定会把她送回家。没回家，那就说明钱叶当年没有求助过救助站。孤儿院等机构也不可能。她确认过了，钱叶的情况不符合收养条件，孤儿院不会收下她的。至于私家侦探，这样的角色恐怕只存在于推理小说里。

律师事务所也有寻人的业务。这话是谁跟她说的来着？啊，对了，是那个讨厌的白涛。她突然灵光一闪，翻找起那家伙的名片。

幸好当时没有一气之下把它扔了。她捧着这张薄薄的纸片，对着电脑输入上面的名称。嚯，不查不要紧，一查发现，还是个很大的律师事务所呢。她掏出手机，点进白涛的页面，刚要拨号，突然停住了。

嘿，我干吗非找他不可？既然律师事务所能找人，我随便找哪家不成？这么一想，她立刻退出了拨号程序，打开电子地图，在 K 市里寻找律师事务所。看着地图上密密麻麻的红点，何薇绮心想，好歹也是省会城市，找家律师事务所还是很容易的，不一定非要去那家。白涛的名片又被她顺手丢在一旁。

怀揣着美好的愿望，迎头撞上铜墙铁壁。连找了几家事务所，得到的答复都差不多。既不是"可以"，也不是"不行"，而是介于两者之间的"薛定谔的回答"。律师能够提供帮助，只是有很多前置条件，这些条件绕来绕去，把何薇绮说得发蒙，唯一用明确简单的方式表达的，是"付款"。

没办法，临到最后，再不情愿，也得见了。她拨通了白涛的号码，巧言令色。白涛受宠若惊，迅速安排她和他的上司见面。

何薇绮被带进了八方广汇律师事务所，白涛在前面带路时，她在后面四下打量。这个所果然是大型事务所，和之前去的作坊般的地方完全不同。不光位置优越，而且占地颇大，装修也可谓是金碧辉煌；就连前台的小妹妹都样貌过人，作为同性都忍不住多看几眼；更别提忙碌的工作人员了，不论男女，都身穿统一的西装，尽显干练。

白涛的上司姓万，头衔是"高级合伙人"，职位听上去很高。白涛反复向她强调，说作为助手的他百般推辞掉好几个重要的约会，才给何薇绮约上了这个机会。除了礼貌地感谢，她也想不出自己还能说什么。

进了办公室，发现和外面相比，真是小巫见大巫了。这里更是充满艺术感，整面墙都是书，各种法律书籍琳琅满目；办公桌、沙发等家具一看就是高级货，说不定还是定制的，比起杂志社里那些流水线上下来的标准产品，高出几个档次。

可惜作为主角，万合伙人看着不怎么精明。坐在办公桌后面都能看出大腹便便，脸上也满是沟渠，尽显岁月的痕迹。长成这个样子，整形医生也救不了。

"万律师，这位就是《声援》杂志社的何记者。"她正想着，白涛开始介绍，"这位是万律师，本所的高级合伙人。"毕恭毕敬地介绍完，他就退到门边，"您有事叫我。"然后退出房间，顺便把门关上。

"万律师您好！"不敢怠慢，她连忙奉上自己的名片。名片上的职位是"主笔"，他们私下吐槽自己其实就是个主管笔的。由于他们职位最低，开会也好，出差也罢，谁的笔找不到了，都会第一时间找他们索要。

万律师接过名片，架上眼镜仔细查看。他的举动提升了他在何薇绮心目中的好感。之前那些律师接到名片，连看都不看，顺手就放在办公桌的角落，似乎不关心来者何人。

万律师看完名片，笑呵呵地问："金主编还好吗？"

"您认识我们主编？"她喜出望外，"他挺好的。"

"见过几次。"说完这句话，寒暄就算到此为止了，"你想找人？"

何薇绮把情况简单扼要地叙述了一遍。之前说过好几次了，她再根据其他律师的反馈，把所有重点都包含在内。

听完，万律师没有立刻回复，而是陷入沉思。过了半分钟，他才慢慢地说道："以目前的情况来讲，我们爱莫能助。坦白讲，我们所谓的找人，找得更多的是档案和文件，而不是活生生的人。"

这么一说，她才想明白，为什么之前那些律师提供的帮助有限。何薇绮需要的是依靠现有的信息找到钱叶的具体位置，至少能找到电话，让她们取得联系；而律师们能提供的服务，是找到户籍信息、身份信息等文字资料。供需双方的要求不一致，谈起来驴唇不对马嘴。

"这样啊……"何薇绮感到情绪低落，又一条路走不通了。

"具体的案情我不做评判，我们事务所也不想被牵扯其中，请你在写报道前务必明确这一点。单纯作为朋友，我个人可以给你一些寻人的建议，你自己尝试。"

万律师的话语听上去冷酷无情，却又唤起一丝希望。"您讲。"她迅速掏出自己的笔和本，准备记录。

"你已经获得了直系亲属的授权，知道了她的身份信息，但是她本人不在户籍所在地。"

"是的。"

"通过官方渠道，比如报警，你们试过了也无效，对吧？"

"对，警察不立案。我怀疑他们渎职，明明人都失踪十年了，换谁不关心人跑哪儿去了？"

"自愿离开不算失踪，就算是直系亲属也无权强迫公安部门公开信息。这一点可以相信警方，钱叶应该没有被牵扯到刑事案件中。"

"警察这条线没有办法展开了。"意料之中，"其他方法呢？"

"你试过找通信公司吗？如果她有手机的话，可以试试用身份证查一下她现在用的号码。"

这个办法从来没有想到过，值得一试。"谢谢万律师。我马上去查查看。"

万律师沉吟片刻："你们是否知道她最近有没有和别人联系过？比如同学、朋友之类。"

啊，自己不就是因为同学会才找到这边的嘛，这招也不错。"我记下了。还有别的方法吗？"她匆匆记下。

"也许有专门找人的公司，我听说过，但是没有合作过。"

"啊，我们这儿还真有侦探社吗？"何薇绮脱口而出。

"我只能回答你我不知道。"万律师笑容可掬，他指了指外面，"毕竟我们这里用不上，依靠自己人足够了。"

是啊，有足足一大间办公室的人能够为他服务，而她只能依靠自己。

白涛殷勤地把她送到楼下，途中追问了几次进展。不过何薇绮实在没有什么可以和他交流的，从进电梯起就只剩下白涛没话找话，自己纯粹在敷衍。互相道别，离开大楼，何薇绮开始满世界地找通信公司的招牌。

"您好，请问有什么可以帮您？"

听着办事员程式化的言辞，何薇绮也客套地回以微笑："我想查一下我名下是否还有别的号码，听说最近有信息泄露的情况，我想确认一下。"

"您带身份证了吗？"

"原件没带，不过有复印件。"说着，她把钱叶的身份证复印件递了上去。

"这是您本人吗？"办事员狐疑的眼神在何薇绮的脸和复印件之间移动。

她气宇轩昂地回答："当然是。"

"不好意思，"办事员把复印件推回来，"这张身份证的有效期过了。"

没办法，何薇绮把它收回包里。这是第五家了，每家都是同样的答复，看来这条路走不通。如果下一家还是不行，那就只好再想别的办法。

她走进了第六家通信公司的门店，来到柜台前，对服务人员露出微笑，重复套路化的说辞，递上身份证复印件。出乎意料，服务人员竟然没有仔细检查，只是随口问了一声。

"钱叶，是吧？"

"对，我是钱叶。"

服务人员进入系统查询。

何薇绮心里笑开了花，她激动地握紧挎包带，兴奋得双腿不住地颤抖。大概是自己自信的状态蒙住了对方吧。

突然，有人拍了拍她的肩膀，用洪亮的声音说道："何记者，您好。"

何薇绮的笑容凝固了，眼见着服务人员警惕地抬头，停下了在键盘上敲打的手。她在心里怒骂，是谁坏了自己的好事？回头，却看见了一个陌生的中年男人。

"你认错人了。"何薇绮不安地说道，却用余光偷偷瞥着通信公司员工的操作。

"您不是在找钱叶吗？"

听到这个名字，对方停止敲击键盘，探出头看了一眼身份证复印件，然后不满地抬头盯着何薇绮。

"何记者？"陌生男人没完没了地追问，"您是不是《声援》杂志社的何记者？"

服务人员似乎确定了何薇绮并非身份证的主人，客气地表示，如果她没有别的事情，就请下一位客户继续办理业务。

何薇绮知道再也等不来服务人员告诉她电话号码了。她失望地闭上眼，自己离成功只有一步之遥，没想到却因为这样的意外而落败。

"你是哪位？"何薇绮站起身，离开座位，双腿依然发软。她很生气，想发出不客气的声音，实际上传出的音调却还有些抖。

"我刚从律师事务所里出来。"那个男人似乎也很慌张，强硬的语气中夹着些怯懦。真是奇诡的组合。"我想找您说一下，您找钱叶的那个事情，您……"

一刹那，何薇绮突然知晓了他的身份。"您是万律师介绍的吗？"

"万律师？"中年男人露出疑惑的表情，"不是，我是从……呃……"他低头在口袋里翻找什么。

何薇绮左右看了一眼，周围还有不少办事的人，似乎在看着这对奇怪的聊天对象，尤其是刚才给她办理查询业务的通信公司员工。这里可不是讨论寻人的好地点。

她压低声音说："咱们换个地方。"

何薇绮在手机地图上找到了咖啡厅，便一直在前面带路。几百米的路程中，两人无言地走路。何薇绮想，他大概在心里盘算着如何开口，毕竟这个行当可算不上正规合法。

和何薇绮刚刚幻想的完全不同。她以为私家侦探——不，这不算侦探吧——应该是个高大帅气，年轻有为，身穿风衣，腰间别着手枪，手里端着美酒的人……这种印象好像是受父亲喜爱的电视剧的影响。小时候，只有得到爸爸的允许，她才能看一会儿电视，而且要爸爸陪着看；准确地说，是反过来，由爸爸挑选他爱看的片子，自己陪着他看。她喜欢看动画片，但电视里播的经常是美国的动作片。在这样的故事里，私家侦探都是这副模样。他们有美女陪喝醇酒，动辄拔枪射击，最终击溃顽敌，拯救世界，匡扶正义。完美的好莱坞套路电影。

可惜这位大叔离这些美好的形容词非常遥远，差不多是南极和北极的差距。何薇绮回头看看他是否还在跟着，趁着这个机会偷偷地打量了一番。他的衣服不合身，整洁程度也勉强是不被讨厌而已，至于相貌嘛，长得颇有混血儿的特点：肤色非洲人，面孔北京人，头发"地中海"。他说话的口音更堪称鲁迅的杂文集《南腔北调集》，掺杂各种口音的普通话，反而有种奇怪的韵味。

来到咖啡厅，他们选了个角落，相向而坐。服务员上前询问，何薇绮点了一杯加了不少配料的奶茶，然后把菜单递给了对面的大叔。前几天她点过这样一杯奶茶，没喝几口，这次她要弥补上次的损失。结果大叔连看都没看，直接说要和她一模一样的饮料。

大叔盯着服务员，服务员一离开视线，他就迫不及待地问："你们这么想找到钱叶？"

当然啦！内心发出怒吼，可是她的脸上没有露出急切的表情。如果暴露了自己对下期稿件毫无线索，急需他的帮助，这种看着就无良的人肯定会狮子大开口的。

"先介绍下你自己吧。"何薇绮压抑着内心的波动，尽可能慢条斯理地说。

"介绍我？"那人仿佛被重拳击中一般，"什么意思？这跟我是谁有什么关系？"

何薇绮忽略他的攻击性口吻，稳住阵脚，回答："当然了。我又不认识你，怎么知道你合适不合适？"

"我找你，是为了钱叶！"那个人好像受到了侮辱一般，"别说这些有的没的。"

"我知道，我当然知道。"何薇绮心想，跟他说话真是费劲，"可至少你得说你找到过什么人，用的什么方式之类的吧？"

"什么？什么方式？"

"虽然你是律师介绍来的，可是我没见识过你的能力，怎么知道雇用你找人行不行？你最起码要先向我证明，你以前找到过很多人，这次找钱叶的事，你能胜任。"何薇绮无可奈何地说。这种人她见多了，谱子摆得比天大，能力却稀松平常；本事不大，脾气不小，不谈自己，只谈价钱。

"何记者，您是不是搞错了？"

这就是他的答复吗？太蠢了。看到对方抓耳挠腮的模样，她在心里不住地冷笑。

就在这时，服务员端上了饮料，打断了两人的对话。何薇绮默默地拿起杯子，盘算着赶紧喝完，然后赶快离开。她会付掉两杯奶茶的钱，赶紧打发他离开。可惜被他搅黄了查号业务，明明只差一步……

她大口喝着奶茶，就像着急吃人参果的猪八戒，和上一杯一样，还是没有尝出味道。喝完，放下杯子，她刚要开口，却被对方抢先了。

"何记者，您的问题，我没法回答。第一，就算我说了我找到过谁，那些人你也不认识；第二，涉及别人的隐私，非常不合适；第三，找人的办法有很多种，以前有效的方式，这次不一定还有效。"仅仅是一杯奶茶的工夫，他似乎变得心平气和了。

何薇绮想了想，觉得这个家伙说的也不是完全没有道理，可是对他一无所知，就这样贸然雇用他，也未免太轻率了。另一方面，她不知道这行里是否还有别人，万一过了这个村，没了这个店，后面自己也不知道该如何收场。"这样吧，你报个价，我和别人的比较一下，如果合理，我会再联系你的。"这当然是虚张声势。

根本没有别家，她也不知道行情，不清楚价格的合理区间。

沉吟片刻，那个中年人才做出回复："这样吧，我马上去找，所有的费用由我承担。等找到了，您再付钱也不迟。"

"钱你出？"何薇绮脱口而出，"这么有信心？"

"您不是不相信嘛。我出您不就放心了吗？"

答案仍然是"不"。也许是直觉，对这个陌生人，她心中还是抱有怀疑。"说说你的方案。"

"嗯，我会去她的家乡，询问她的朋友、老师、邻居，了解她的故事，找到她的行踪。"

何薇绮感到非常失望。原来所谓的"专家"所用的办法如此平淡无奇。"有需要我会联系你的。"说着，她站起身想要离开。

他伸出手，似乎想要抓住何薇绮，但是在最后时刻又退缩了。不明来历的专家讪讪地收回手，不安地摩挲。"和钱没有关系，我需要这笔生意。"那家伙似乎担心到手的肥羊会丢掉，言辞中有些急切。

他的态度反而让她更加担心。又是出钱又是出力，还如此迫不及待，这个人到底想干什么？"嗯。"她不置可否地点点头，然后静候对方再次开口。

郝宁早就教过她这招，越是沉默，就越能让对方不安。为了说服自己，对方自然会开口，如同放进盐水里的河蚌。果不其然，那个中年男人终于忍不住了，压低声音说道："其实……我失败过。"

"哦。"何薇绮压抑住好奇心，假装漠不关心。

"曾经有个百万富翁，他的女儿被绑架了，绑匪不许他报警。

有人介绍了我。"那人咽了口唾沫，继续说道，"我本来已经找到她了，可是谁知道在最后一刻……"

"被杀了？"

"和被杀也差不多。"对方的声音听上去有些呜咽，"她受了很严重的伤，很久不能动，甚至说不出话，后来还割腕自杀过……"一边说着，他还一边用袖子擦拭眼睛。

在他情绪的感染下，何薇绮的心中也泛起酸楚："好吧，我知道了。如果我定下来，会早一点……"

"我会找到她的。"他突然抬起头，坚定地说，"因为上一次的失败，我在行里丢了名声。我必须得到这个机会，重新证明自己。何记者，我会找到她的。把这次的机会给我吧，求你了。"

何薇绮和他对视了一会儿，望着他的眼睛里燃烧的希望，女记者甚至说不出拒绝的话。"好吧好吧，你先去找找试试。"理智上，她依然对这位寻人专家保持怀疑，但是她能切身感受到他对失败的愤怒。

或者说是他对被找寻者的执着和同情。

是因为那个被找到，却已被伤害的女孩吗？

"不要再找其他人。"

"什么？"何薇绮不解地问道。

他重复道："请您不要再找别的寻人专家帮忙。"

"为什么？"

"上一次，就是那个富翁，他不相信我，瞒着我又找来别人。"

他扭过脸，望向窗外，"结果就是新找来的那个家伙打草惊蛇，导致绑匪下的手。"说完，他抽了抽鼻涕，叹了口气，"我不想再犯同样的错误。"

"那好吧，你去找吧，我不会再找别人。不过，我只能给你一周，不，五天的工夫。到时如果你找不到人，我还是要请别人。"反正最开始的阶段又不需要付钱，让他去干好了。如果他真能找到，那就找单位报销费用；如果他找不到，顶多耽误几天工夫。

"好的。"那个家伙痛快地答应下来，起身要走。

刚刚被情绪冲昏了头脑，这时何薇绮才想起关键问题，她赶忙从挎包里掏出笔记本："哎，等一下，把你的联系方式留下。"

男人回来，接过笔，在笔记本上写了几个字。

武家平，常见的名字。后面是手机号。"你的公司名称呢？到时怎么开发票？"

对方愣了一下："我没有公司。"

算了，到报销时找郝宁开联络单吧，这套流程他熟得很。"那就写你的住址吧，我总得有地方找你。"

看起来对方有些不情愿，但他还是写了。一看到地址，何薇绮就明白原因了：他住在 K 市边缘的临河区的旧房拆迁区域里。唉，那地段的确口碑不佳，毕竟房地产公司把钱都花在请涉黑团伙上，能在房子上下什么功夫？

"那行，你就开始找吧。有消息随时告诉我。对了，我叫何薇绮，我的电话是……"

"我知道，"他翻了翻口袋，举起一张卡片，"我有您的名片。"

目送武家平离开，她发现他那杯奶茶根本没有碰过。

何薇绮叫服务员过来结账，服务员答复说有人支付完了。

她回想着武家平的衣服、样貌，暗想他大概真的有段时间没有接到项目了。如果他找到了钱叶，何薇绮在费用报销单里会加上这笔微不足道的款项，把这笔招待费支付给，或者更准确地说，是退还给这位寻人专家。

把业务外包给专家之后，何薇绮只剩下等待，心中依然有些忐忑，不知武家平会不会找到人。她越想越紧张，以至于工作都干不下去了，幸好手上的其他活没有那么紧迫，可以再拖一拖。她犹豫要不要找郝宁聊聊，把进展告诉他。他总是有办法，能排解她心中的焦虑。

"郝主任没来。"看到她敲门良久没有响应，隔壁的周昕才随口提醒她。

何薇绮有点茫然地回到座位上，继续发呆。即使能找到钱叶，她是否会如大家所愿给出足够翻案的口供呢？想来她不会这么轻易合作。十年前的钱叶就已经满嘴谎言，十年后成熟的她，一定会变得更恶毒……

"啊？不好意思，您说什么？"隔壁的声音打断她的思绪。

"我说，"周昕的声音听上去有点不满，"你正好没事，帮我查点资料吧，我这手上的活太多了，忙不过来。"他端起保温杯送到嘴边，另一只手抓起文件要递过来。

她在心里埋怨道："忙不过来，你去找主编反映啊，为什么每次都来压榨我！再说了，就是查背景资料的活，能有多忙不过来？你不就是嫌麻烦，不愿意干嘛。"脸上却不敢表露出不满。

"啊，对不起，周哥，我……"何薇绮条件反射般地要接下不属于自己的工作，可是转念一想，她明明有工作要做啊！"呃，我刚才是想找郝主任……批出差申请的。"和专家学习寻人办法，为报道拜访关系人，接触第一手信息，哪样不比窝在办公室里查和自己无关的资料有价值得多？"他没在，麻烦您和他说一声，我要去找关系人——为我自己的报道。"她在"我自己"三个字上加了重音。

说着，她拎起挎包，快速拨通手机号码，把话筒贴在耳边。"喂，您已经出发了吗？"她用余光扫过周昕，看到他没料到自己会拒绝，以至于手里的保温杯迟迟不往嘴里送，仿佛时间凝固，心中窃笑不已。"还没有呀？正好我和你一起过去。"

听筒那端的态度非常抗拒，理由很牵强，非要扯什么请别人会坏事的闲话。

"你说的是不要再找别的专家。我不是专家，而且我不会乱跑，我会一直跟着你。"她反驳道，对方似乎哑口无言，于是焦急的女记者口气强硬地说道，"那就好。咱们在火车站碰头吧，一个小时后。"何薇绮立刻挂断武家平的手机。她偷偷呼出一口气，转向周昕，微笑。"周哥，我先走了。拜托您和郝主任打个招呼，谢谢。"

趁周昕没反应过来，何薇绮一溜烟跑出了办公室。

第四章

班上新来了一位老师，别的同学找各种奇怪的借口靠近，问东问西。钱叶不好奇，她不关心这件事。

　　所有的老师都一样，对待家里条件好的学生、对待学习好的学生和对待家境不好的学生，他们会摆出不同的嘴脸。"反正我也不想上学，长大了我就去唱歌。"钱叶幼稚地想。

　　对钱叶来说，读书是个负担。每天照顾弟弟就很累了，还要干农活，哪有时间写作业、背书？打开书，看着满满当当的方块字，她上下眼皮就开始打架，恨不得倒头就睡。

　　可是这位老师不一样，她是个女的，而且长得还挺漂亮，听说是从城里来的。这位女老师竟然在课下找到钱叶。她打量着这位新老师，发现她也不是什么三头六臂，和自己没什么两样。从城里来的，也没什么了不起嘛，钱叶想。

"你是钱叶同学吗?"老师弓下腰,脸和她的脸齐平,笑着问道。

钱叶吞了吞口水,点点头。她心跳加速,惶恐不安地想着:"别告诉我妈妈。我最近什么都没干。不要听他们的,那都是诬陷我的。求你了……"

"我是新来的洪老师。"老师依然保持着微笑,轻声问,"你知道什么是生理卫生吗?"

五年级的小学生先是松了口气,然后才想起回答老师的问题。她连忙解释道:"不知道。我昨晚在照顾弟弟,没来得及温书……"

"没关系,不是课本的知识。谢谢钱叶同学。"

这是钱叶自记事以来,第一次得到别人的感谢。

她沉湎于微不足道的幸福,没有留意从外面走进来的班主任易老师。等她发现时,想逃已经来不及了。

易老师板着脸,径直走到她身边,低声附耳对她说:"跟我出去一趟,快点。"声音里带着急促和命令的语气。

与平时不同的低沉严肃的语气,令钱叶的身体由内而外渗着寒意。

因为没交作业吗?还是顺手牵羊被发现了?她惶恐地站起来,手里还握着的笔甚至都忘记丢下。钱叶走出教室门,不远不近地跟在易老师身后。

越走越偏僻。钱叶偷偷四下望去,他们要去的地方,似乎没有什么人烟。

第五章

K市的火车站是在有了高速铁路之后新修的，据说借鉴了许多高铁站的长处，也许是借鉴的地方太多，显得不伦不类，像是土味审美的大集合。以何薇绮的眼光来看，远不如城市另一头的老火车站。老火车站的外观很有古典美，棱角分明，刚毅有力；而新火车站不过是积木搭起来的摇摇欲坠的儿童玩具，幼稚，而且毫无特点。当年的临河区改造拆迁项目是一揽子工程，除了民宅和老火车站，还有附近的旧人民体育馆，使用时间虽不长，却也被一并处理掉了。新建的人民体育馆的造型同样惨不忍睹。不管是新旧火车站，还是新旧人民体育馆，都并存过很长一段时间，外形稍一对比，可谓高下立判。临河区的名字来自流经此地的那条汉河，多年来也号称要进行净化处理，时至今日也只完成了新火车站周围的美化工作，其他河段的还遥遥无期。

何薇绮提前在手机上查询前往 A 村所在城市的火车票，下一班在一个半小时后发车。如果老火车站不关的话，倒是离武家平居住的地方很近。来新火车站，需要横跨整个 K 市，粗略算算，一个小时足够，还能剩下半个来小时进站检票，应该问题不大。她早早买好了自己的票，武家平的让他自己解决。反正现在都需要身份证买票，他的情况自己又不知晓。

在办公室给他打电话的时候，何薇绮暗暗希望他还没动身；可是等到了火车站，自己又对武家平的举动有些不满：还以为他昨天就去调查了呢，结果到了今天都还没开始。算了，阴错阳差给了自己一个逃避替周昕工作的借口。她突然意识到，自己光顾着应付周昕，竟然把时间定得太过紧凑，没有机会回家取些换洗的衣物了。不知道要在那边待多久。她低头看了看自己这身衣服，实在没办法，临时买几件更换吧。

何薇绮称不上对生活品位有很高追求的人。从小父亲就教育她，追求物质享受是无意义的，也是没有价值的，人生的追求在于精神享受。父亲本人似乎也践行了这一点：衣装永远简朴且整洁。她不喜欢父亲的某些行为，可是他的烙印留在自己身上——精神上和肉体上都有。

父亲总是对她说，好好工作，服从领导的安排。在他那一代，这几乎是金科玉律；可是到了自己的时代，还要延续吗？何薇绮不知道答案。她有时候会反抗，最终却不得不承认，上级的确比她考虑得更周全，于是她选择了服从。上大学时，她的室友就曾拿她开过玩笑。她总是按时上课，按时完成作业，考试也名列前茅。她的室友则逃课、抄袭，以及做她想象不到的事——谈恋爱。她们说她的青春期来得太晚，还没到产生逆反心理的年纪。

何薇绮有时觉得，这个年纪可能永远也不会到了。

紧接着，她又想起了父亲的教诲，于是赶紧把自己的行踪告知了父母。不仅仅是因为这是自己工作后第一次出市出差；更是因为武家平是个陌生人，他们只有一面之缘，他外表看着敦厚，谁知道实际是什么样的。她把自己的行程和陪同人员的全部信息都发给了家人，并且约好随时联络，以免发生意外。

家人反复嘱咐的信息还没回完，手机铃声响起。武家平到了火车站，没有看到她。他们通着电话，互相寻觅，总算找到了。直到坐上火车，何薇绮这才放心。虽然每次都提前很久出发，可是她总是担心会迟到。

"武……老师。"想不到什么称呼，就叫"老师"算了。

对面那个中年人厌恶地看了自己一眼，猛地收回眼神。"何记者，您太客气，叫我老武就行。"

何薇绮注意到了那一瞬间的眼神。这个家伙怎么看也不像寻人专家，即使她不知道干这行的人应该是什么模样。她从直觉上觉得，这个人缺乏某种干练的气质，与其说是某种专家，不如说更像是个跑腿的。"武……呃，老武，我澄清一下，我不是来抢你生意的，呃，我不是你说的那种寻人的专家，我只是……当然，我也不是监视你。"不过你的进度也太慢了点，要不是我跟着，天知道你什么时候才动身。一向是有了思路就立刻行动的何薇绮，总看不惯性子慢吞吞的人。"我就是跟着你，学习学习。"

"何记者，我明白，我明白。"

话虽如此，可是在何薇绮看来，他的态度似乎有点抵触。最明显的例子，便是说完这句话，他就再次埋首摆弄手机，不断地发着什么，没有和身边的同伴进一步沟通的愿望。

她还以为对方会自然而然向她普及一些寻人的知识，然而没有。尴尬的沉默让何薇绮坐立不安。早知道刚才买本书了，不过她转了书店，实在没有什么可买的。偌大的车站里只有一家书店，里面店员比顾客还多，书架上只有成功学一个门类。她怀念以前阅读文字的时代，那个时候，书架上会有各类图书，文学艺术分门别类，也会有各种杂志。现如今，别提售卖了，还在坚持出纸质版图书的都寥寥无几。

从 K 市到 A 村所在的城市，光是火车就要坐三个多小时，不干点什么实在无聊。于是她闭上双眼，在脑中不断思索采访前要做的准备，突然想起一件重要的事情："老武，咱们怎么分工？"

"分工？"武家平露出愕然的神情。

好吧，何薇绮记起来了，他是个独行侠，自然没有考虑过分工合作这种事情。"我的意思是说，既然我和你一起调查，咱们总该商量一下，是你来主导，我帮忙提醒，还是反过来。就算是两个人，没有主持局面的，也有可能问起来东一榔头西一棒子，让受访者无所适从。"

刚成为记者的时候，郝宁带着她四处采访，那时她就是个能走路的记录本，一门心思给主任当好速记员。一起出去过几次，郝宁不满地提醒她："如果我带着你纯粹是为了准确记录，那直接用录音机岂不是更好？你难道想一辈子跟在我屁股后面？"

那一瞬间，何薇绮竟然从郝宁的身上隐约看到了父亲的形象：表面上严厉对待她，实际上是在关心她。

也是在这一刻，何薇绮才意识到，共同采访的意义在于互相配合，她的重要性可以更高，能做的事情也更多。从那之后，她就一步步地成长起来。

不过毕竟那是郝宁。能够毫无私心，全力提携后辈的领导，满世界也找不到几个。身边的独行侠恐怕压根就没有考虑过这方面的事吧。

"谁来主导？"武家平反复念叨着这个问题，"您说得很有道理。"他思考片刻，回答说，"您看这样安排可以吗？您来主持大局，如果我有什么想要了解的，就加入进来。"

"哦？"她还以为武家平会紧握着主导权不放呢，声音里饱含着不确定。"你刚才说，由我来主导，你来辅助？"

"我是这样考虑的，您是记者，有官方身份，不像我的职业见不得光，说不出口。"武家平犹豫了一下，"随便和人家搭话，对方只会草草应付两句，说不定还会怀疑我的身份。"

何薇绮赞同地点点头，他说得很有道理。"那我怎么介绍你呢?"

"您就说我是陪您来的。"

"好。"何薇绮不放心地又加了一句,"不过你不能就真只是陪着,有重要线索,你也要帮忙打听。"

"您放心,我会帮忙的。"武家平赶紧信誓旦旦地补充,"会找到钱叶的。"

"说起来,你对她很了解吗?"

"当然,当然。"

"听律师转述的?对了,这个委托是哪位律师告诉你的?"

"我是从同辉律师事务所的梅律师那里得到您的名片的。"

"同辉?"何薇绮愣了一下,竟然是这家?

她对这家可没什么好印象,名头很大,名字取自"日月同辉",整个所就梅律师一个人,看着就很差劲。当时她对律师行业一无所知,遍地撒网,才会走进梅律师的事务所,不然打死也不进。至于梅律师的特点,除了收费低廉,就只有按点收费,什么业务水平、工作能力都不值一提。她递上名片之后就后悔了,刚想走,梅律师却像看见腐肉的秃鹫,紧紧缠住她不放,东拉西扯硬生生拖满一个小时,拿到了咨询费之后才心满意足地放她离开。

出乎何薇绮的意料,最终帮上忙的,竟然是这家名不见经传的小事务所。

人生真是处处充满惊喜。

"梅律师给你把情况都说清楚了吗?"她还是有些惴惴不安。

"很清楚，何记者，您放心吧。"武家平这么有信心，不会是被梅律师忽悠了吧？

"那你说说看。"

时间、地点、人物，说得有鼻子有眼。何薇绮连眼睛都不眨，紧紧盯住他。"你了解得还挺全面。"她惊讶于对方掌握信息的程度，怀疑自己是否向律师透露过这么多情报。

《声援》杂志上，郝记者的报道，我也读过了。"

对不知情的人来说，只看署名，肯定以为与她关系不大。只有郝宁知道，其实真正的作者是何薇绮。算了。她假装无所谓。不过这个家伙还算靠谱，资料收集得挺全。她对武家平的评价，从"怀疑"提升到了"可信"的级别。

"拜托你找到钱叶。"她信任地说道，"翻盘的关键全靠她了。"

"好的。"

"只有找到她，才能给李叔洗雪罪名。"她继续自顾自地说道，"你看过报道，肯定知她从小就是个撒谎精，连警察都骗。"

"一个十来岁的小姑娘，竟然能骗过经验丰富的警察？你有没有考虑过，如果警察是对的，她真的被强奸了，你会怎么办？"

"这不可能。强奸……"某些词很难说出口，她含糊地说，"哪有这么容易。"她曾经有过同样的疑问，但郝宁的理论说服了她，"只要持续反抗，男人很快就会……就会不行的，插……"这个词也是一样，"进不去。而且女人可以大喊大叫，那时女人的声音会非常尖锐，周围都是人，会过来帮忙的。一位文豪曾经说过……"

她突然想不起来郝宁引用的那句名人名言是什么了。

"胡说八道。"

"人家可是大文豪。"

"他是干什么的和他是什么样的人毫无关系。"武家平的声音也高亢起来，"有学问的也有衣冠禽兽。"

和陌生人，尤其还是男人，讨论这种话题，本来令她感到羞耻，而武家平决绝的态度更令她不爽。"总之，她不可能是被强奸的。这个话题不要再讨论了。"觉察到对方似乎有深入讨论的意图，她斩钉截铁地终止了话题，"你找到她就好了。我会全额付款的。"

"不，百分之七十的强奸都发生在熟人之间，来自陌生人的暴力强奸只是很小的一部分。"

"我说了，不要再讨论这个话题了！"何薇绮大吼道。

"好的。"武家平也许还有很多要说的，只是被她的态度震慑，闭上了嘴。

其实她还有很多证据可以用来说服武家平，比如很多电影里都会有强奸的场景，然而女人激烈反抗足以挣脱，甚至反伤男人；再比如从心理学上讲，被强奸后，女人都会发疯，出现各种各样的创伤障碍，可是钱叶就没有这个，她能冷静甚至冷酷地报案，就足以说明她没有疯，因此她没有被强奸——完美的逻辑链，证明钱叶是骗子。可是何薇绮说不出口，这些字词令她羞愧不已，即使事件本身和她毫无关联。为什么和郝宁在一起时，她能心平气和地说出这些令她脸红的词？

她想了想，不对，那个时候的讲述者是郝宁，自己不过是倾听者，和现在的情况相反。

何薇绮愤愤地想："告诉他这些有什么用？我花钱雇他找人，不是请他和我辩论的。"

去 A 村可以坐短途大巴，但为了交通便利，何薇绮决定在火车站租辆汽车开过去。她把这个提议告诉武家平，对方看起来很为难。

"既然是我建议的，钱由我来付好了。"虽然有争议，但是何薇绮也同情他的遭遇。她还记得武家平为那个无辜女性流下的眼泪。"我来开。"

定好导航，两人出发前往 A 村。

"先去哪里？"快到 A 村时，何薇绮才开口问道。

"去小学，问问她的老师和同学。"

十年前钱叶就读的那所小学现在已经关闭了。他们向好奇的村民打听得知，村里很多人出门打工，生源大为减少，这所小学已经和邻村的小学合并。几经询问，他们找到了和钱叶同年的葛慎思，他在外面读完职业学校，没找到工作，又回村经营商店了。

"钱叶啊，当然认识，当然。"葛慎思拖着长音，脸上露出意有所指的猥琐笑容。看起来，即便过去十年时光，也没有减弱八卦的传播力度。"我叫葛慎思，和她一个班。"

一听到这个消息，何薇绮一路驾驶的疲惫烟消云散，精神为之一振，太棒了。她连忙掏出采访三件套：录音笔、笔和本。

"葛先生，你现在在干什么？"何薇绮开始例行的查户口环节。

"就干这个。"葛慎思头也没抬，醉心于虚拟世界的战斗，"卖东西呗。"

说是商店，其实相当于小卖部，算是简易版的便利店，面积充其量二十平方米，有几排货架，摆着各种商品，从后门进去大概就是家和库房。

何薇绮四下打量着货架。"生意怎么样？"

"嘿，糊口吧。村里人都出去打工了，剩下的也就买点油盐酱醋啥的，不赚钱。"

他们三个站在小卖部门口，也就是结账柜台前说着话，每过一两分钟，就有村民凑上来假装买东西，耳朵却张得很大，最后恋恋不舍地离开时还是两手空空。葛慎思似乎对女记者的提问毫无兴趣，他拿着手机，玩着热门的对战游戏，不时响起战斗的音效，也导致对话时断时续。

何薇绮脸上露出忧虑的神情，担心采访无法进行下去。

突然武家平问："你这里有什么矿泉水？"

"多着哩，你想要啥都有。"葛慎思还是埋首于手机。

"我要五种不同品牌的，每种各来两箱。"

"等一下，你要这么多矿泉水干什么？"何薇绮拦住武家平，她心想：你上这儿搞批发呢？

葛慎思也吓了一跳，从游戏里抽身而出。"矿泉水？十箱？"

"对。"

"那我得上后面给你搬去。"

"我和你一起去。"

"那行吧。"葛慎思收起手机，往后门走去。

武家平跟着他走过去，何薇绮也只好跟着他们走了过去。

后面果然是库房，堆放了不少物品。葛慎思在里面翻腾，寻找矿泉水的踪迹。

在空荡荡的库房里，何薇绮突然醒过神来，原来如此！这里可是个谈话的好地方，不会有村民进来打扰；而且要搬运东西，葛慎思就不得不从游戏中抽身而出。

"这个牌子的行吗？"他指着一箱问道。

"行，就放这儿吧。"武家平指了指地上，同时对何薇绮使了个眼色。

何薇绮心领神会，问道："你刚才说你和钱叶一个班？"

"可不是嘛。"葛慎思搬起一箱矿泉水递给武家平，"小学一个班，一起念了四年。"

"我记得她是转校来的。"

"对，她跟她妈是外地来的，她是插班生。本来读到三年级，结果读不下来，跑到我们班上来了。"

"你记得还挺清楚。"

"那个时候哪见过留级生嘛，可不就是记下了。我记得她不爱看书，上课经常睡觉，要不就看画。"

"她喜欢画画吗？"

"呵呵，不是画画，是看，是个明星的照片。"

何薇绮对这个话题并不关心，钱叶喜欢什么样的明星，对这篇报道毫无帮助，写出来反而可能会引起这个明星的粉丝们的反感。

"她还喜欢……"

"你还记得是哪个明星吗？"武家平突然插话进来。

"谁知道。"葛慎思连想都没想，脱口而出，继续在库房里翻找着。

"老武，"眼见对话陷入停滞，何薇绮转过头，轻声问道，"你还要继续问吗？"

武家平摆摆手，表示没有了。

"她还喜欢什么？"何薇绮延续之前的话题。

"嘿，还喜欢偷呗，村里人都知道。"葛慎思停下手上的活，刻意地笑了笑。

这个信息值得挖掘："她偷过什么东西？"

"都是女孩子喜欢的东西吧。"葛慎思摸摸头，"也从我家小卖部里偷过。"

"从你家偷的什么？"

"零食呗。我爹妈好几次逮住她从货架上偷吃的，叫她爹妈过来。要是她爹过来还好，换她妈，少不了一顿揍。"

"她母亲会当着你们的面就动手吗？"

"那可不，打得狠着呢。"

"那她父亲呢，她父亲来了会怎么办？"

"掏钱补上呗，还能咋办。她妈是外地人，可她爹毕竟是村里人，要脸面的。"

"那会儿该有她的弟弟李威了吧？"

"有了，有了，李威嘛，她妈也会带着来，想要啥就给买啥。到底是家里的香火嘛。"

听到这句，何薇绮忍不住怼了一句："女儿不也是吗？"

她出生的时代，正是"只生一个好"的时代。她的亲生父亲总是有意无意地当着她的面叹气，说就因为何薇绮，何家三代单传，到了他这一辈，算是彻底绝后了。小时候她不理解，明明家里还有自己，怎么算绝后了呢？等她长大了才明白这句话的含意，她厌恶不已。

"嘿，女儿嘛，嘿嘿……"葛慎思发出"你懂的"的笑声，"毕竟是外人，还是个拖油瓶。"

胡说八道。她回忆起之前与李叔和王婶的碰面，他们对待钱叶的态度，根本不像葛慎思说的那样。眼前这个家伙只是把他自己龌龊的想法投射到别人身上罢了。

何薇绮强忍着不满，继续提问："钱叶偷东西，是从搬来之后就开始了吗？"

"也不是，是突然开始的。"

"你还记得从什么时候吗？"

"嘿，快十年了，不记得了。我就记得她每次偷东西被我家抓到就哭着说她饿，家里不给她饭吃。怎么可能？家里再穷，添双筷子的事，还能饿着？她总是瞎说，对了，我说……"葛慎思似乎已经把找矿泉水这事丢到脑后了，"我想起来了，她其实挺有钱的。有几次还掏出百元大钞呢。那时还是小学生啊，我连十块钱都没见过，她都有一百块的票子了，还不止一张。"

咦，奇怪。"她都掏得出大额现金，还用得着偷东西吗？"

"呃，这个嘛……对了，她有钱是后来的事情，有钱之后才没再偷。"葛慎思愣了一会儿才回答，"我想起来了，她有钱是在新老师来了以后。在那之前，她一直在偷。"

"新老师来是什么时候的事情，你还记得吗？"

"记得记得，五年级的时候。是女老师，长得可好看了，有一阵我们都喜欢围着她转。"

何薇绮脑子里能想到这幅画面：一群小朋友围着漂亮的女老师，带着仰慕的眼神望着老师。"她叫什么？"

"哪知道叫什么啊，就知道姓洪。待一年就走了，叫什么轮岗实习。我还挺想她的。"看到葛慎思所谓的想念的表情，何薇绮意识到自己犯了错：他可不是什么纯情小男孩。果不其然，葛慎思随后说道："她屁股可翘了……"口水都快流下来了。

何薇绮赶紧打断了对方的话。"她教什么？"

"早忘了。就记得她曾经把女生都叫到一起讲什么课，不让男生听。我们一帮男同学趴在窗户底下，好奇想听听，结果被轰走了。"葛慎思说这话的时候，特意把头转向何薇绮，露出恶心的笑容。

何薇绮确信，他现在一定已经知道了，当年那位洪老师跟女生讲了什么。而且她还清楚，他十有八九不是通过书本学到的。看他这副表情，就可以知道他肯定看了不少外国电影，从里面学到了远超当年那些小女孩得到的知识。看他这样子，她还能猜到，他至今都没得到学以致用的机会。

"你要这么多矿泉水干什么啊？"葛慎思大概是被何薇绮充满杀气的眼神击退，赶紧把眼睛和思绪转向他的本职工作，"村里都喝自来水，谁没事要这么多矿泉水啊，我这儿没备这么多。"他把怒气撒向了看上去老实的武家平。

"没事，那就这些吧。"武家平抓起那四箱矿泉水，把它们往外拎，"对了，钱叶后来和谁联系过，你知道吗？"

"我和她不熟，她没联系过我。"葛慎思也从库房往外走，"大概会联系李晓娣吧，那是她堂妹，以前我们都是一个班的。"

"好，谢谢了，小葛。"武家平搬运着成箱的矿泉水，同时和葛慎思寒暄着。

何薇绮受不了了，有股恶心的感觉。也许是一路上舟车劳顿，也许是库房里的空气不流通——又或者是受访者的陈腐言辞。她一溜烟跑到外面，大口呼吸着新鲜空气。等水搬上车后，她才回到车上，发动起汽车。

他们开车前往李晓娣家。钱叶的堂妹复读了一年，考上了大学，现在应该在家过暑假。

在车上，武家平还没开口，何薇绮就先问道："老武，刚才的费用是多少？"

"没有多少。"

"别别，这笔钱我得转给你。"说着，何薇绮笑了，"我早该想到的，假借买些不常用的东西，既可以支开他，避免外人打搅，又能将他的注意力从手机上移开。真是妙手。我又学了一招。老武，你别推辞了，这钱得我来出，就当学费了。"

武家平搓了搓手，没有回答，半是感激，半是接受地笑笑。

李晓娣等在家门口，看到车过来，对他们招手。

"葛慎思给我发消息了。"李晓娣站在车外，弯着腰对何薇绮说道，"他告诉我，你们要过来。"

何薇绮十分惊讶，原来庞大村落里的信息传播速度，比在几百平方米的杂志社办公室里快得多。

"我听村里说，你们在到处打听钱叶？"李晓娣的声音变得警惕，"你们是什么人？想查什么？"

"我是记者，我叫何薇绮。"说着，她低头从包里翻出证件，递给被访问者，"他是陪我一起来的。"

李晓娣接过记者证来，反复看了几遍，才将信将疑地退还给何薇绮。"好吧。"她含糊地说。

看着大学生红通通的脸，何薇绮关切地说："你上车吧。车里有空调，凉快点。"室外的温度很高，光是站着不动都在流汗。

李晓娣谨慎地扫视汽车，看到武家平之后，毫不犹豫地摇头。"嗯，我吹不了空调，咱们去……"她四下望望，说道，"哎呀，咱们去那边吧。"她指向不远处的树荫，"屋里人太多，不好说话。"

三个人挤在树荫下。何薇绮偷偷擦了一把汗，她明白李晓娣这么做的原因，不过是担心和陌生人在车里发生危险，所以才找到了这样一个绝佳的交谈地点。离村里的"情报机关"足够远，交谈的声音不足以传进"特工"的耳朵里，又保持在他们的视线之内。

何薇绮犹豫是否应如实告诉这位大学生自己的动机，最后决定还是只说一半："我们在找她，她离开家后，没有一点音讯。"

"哦，这样啊。那好吧，你们问吧。"

"你和她还有联系吗？"

李晓娣皱皱眉。"怎么可能还有，都九年多，快十年了吧。"

"你和她是亲戚吧？"

"村里都是沾亲带故的，按辈分论，我爸和她爸是兄弟，所以我们俩算是堂姐妹。仅此而已，其实亲缘关系非常远，更何况她是……你们应该知道。"

"一点消息都没有吗？"

"我知道的和你们知道的一样多。当年她突然就离家出走了，我记得那时还是因为她好几天没上课，才发现她失踪的。"说着，李晓娣的声音变得很低，"毕竟闹出这么大的风波，在村里肯定待不住。"

"你说的待不住是指……"

"被村里人指指点点的——唉，你知道吗？我不愿意在家里谈这个事，就是怕他们听了，肯定又会在村里传一遍。以前我年纪小，没有意识到这种事对女孩伤害多大，现在我学了相关课程才知道，这种行为真的是……"李晓娣说了几句，突然停住了话头，"其实你们刚来，村里就传遍了，到处都在重新谈论李七叔家的八卦。"怕他们不知道这个名字的代指，她又补充了一句，"就是钱叶她爸。"

何薇绮难以置信，原来这件事全村都知道！果然村里的情报网不容小觑。也难怪她要离家出走，村里到处传播她的丑事，村民们背后叽叽喳喳不停，任谁也受不了。

"你还记得她是哪天走的吗？"

"不记得了，是个夏天，但是还没到期末考试，大概是这个时候。"

"那前后有什么事件吗？"

"实在是想不起来了。"李晓娣摇摇头。

"你还记得她偷东西的事情吗？"

"哦，这个啊，记得啊。一开始是橡皮啊，铅笔啊，大家怀疑她，可是没办法确定。直到后来她偷了我一支自动铅笔。那支笔是国外的亲戚送的，可好看了，我自己舍不得用，结果突然找不到了。没想到没过几天就看到钱叶在用。我找她要，她还说这是她的。哼，她家谁会给她买东西，有钱全给她弟弟花。我抢回来，还警告她，再偷我就告诉她妈妈。她妈妈可厉害了，我这么一吓唬，她就没再偷过。不过后来我看见好几次她妈妈在小卖部门口搂她，说她偷零食。"

这样的消息才叫第一手信息嘛。何薇绮快速把这些信息都记录下来。"她还偷过钱吗？"

"我们只是小学生，没钱可偷。说起来，她临走前，还真拿出过一沓钱呢。那时候我还以为是强手棋里的假钱，她得意地摊开让我看，说是真的。"说着，李晓娣笑了，"可惜帅不过三秒，就被老师看见了。"

"洪老师吗？"

"不是，那时洪老师已经走了。是易老师，班主任。"

应该就是那位被怀疑报警的班主任吧？"他请钱叶的家长了吗？"

"没有，那时候李七叔已经进去了，谁也不敢再招惹她家了。易老师大概就告诉她财不外露之类的，就把她打发掉了。易老师这人吧，睁一只眼闭一只眼，不是大事都懒得管。"

"那个洪老师，以前也发现过她的钱吧？"

"发现过，好像还找她谈了很久。洪老师和其他老师不一样，没有冷眼对她，有一阵她成了洪老师的跟屁虫。洪老师调走了，钱叶伤心好久，有一段时间又不来上课了。不过洪老师不光对她好，对我们也挺好，还给我们讲过生理卫生……"说着，李晓娣突然收声，不安地看了武家平一眼。

何薇绮明白李晓娣的感受。从小她就意识到，有男人在场，甚至在女人之间，有些话题是禁忌，哪怕是生理常识。不是她或李晓娣太敏感，而是很多人无法接受这样的话题暴露在外。就算在 K 市这样的省会城市，她也是到初中才学到粗略的生理知识，而且老师讲得也很隐晦，遮遮掩掩的，好像这些字词烫嘴，恨不得一口气赶紧讲完了事。从这一点来说，洪老师可谓思想开明的好老师，至少对女生如此。"我已经知道洪老师的事了，谢谢。"何薇绮赶紧打圆场，迅速将话题遮掩过去，"她拿钱都干了什么？"

"买磁带听歌吧。她腰上总挂随身听，听流行歌曲。呵呵，小小追星族。"李晓娣刻意地笑笑，似乎是为了驱散刚才话题带来的尴尬，"我记得出事之后，这个随身听就被她妈妈砸了，她特别伤心，还说什么要补回来。"

画上的帅哥大概就是这位歌星吧。没想到钱叶在这一点上倒是挺时髦的。

"什么歌星，你还有印象吗？"武家平突然加入了对话。不知为什么，他似乎喜欢在无谓的细节上穷追猛打，真是奇怪。

"好像姓吉？反正是个挺罕见的姓氏，她和我说过，我忘记了。那时候我不追星。"想了想，她又补充一句，"现在也不怎么追。"

所以李晓娣能从这群学生中脱颖而出，成为天之骄子，何薇绮心想，而不是像不学无术的钱叶，从小不爱学习，沦为社会的边缘人。

武家平继续问："对了，刚才葛慎思怎么告诉你我们要来的？"

"网聊啊，怎么了？"

"你们都有网聊工具对吧？"武家平追问，"那钱叶也有吗？"

"十年前，我们没有。不过钱叶也许有吧，我听她炫耀过，她有好多网友。也许来自那个歌友会吧。"李晓娣想了想，说，"以前附近有网吧，现在家家都有电脑，再不济也有手机，就关了。她那时算是网吧的常客，经常逃课去上网。她父母都去那里找过她。有一次她妈发飙，砸了键盘，网吧老板急了，拉着不让他们走，让他们赔钱。后来她爸爸也来了，听说是打起来了，结果李七叔被打得满地找牙。"李晓娣扑哧笑了，"反倒是网吧老板给她家赔了钱。"

"不好意思，我打个电话。"武家平不由分说地走出去很远，打起电话。可以看到他在来回踱步，在和电话那头焦急地说着什么。不过距离较远，听不见他在说什么。

何薇绮把视线转回李晓娣身上，做了个略带歉意的表情。"不用管他，咱们继续聊。"她想了想，"她也经常撒谎吧？"

"钱叶的确经常说谎。与其说是谎言，不如说是她的幻想吧。"李晓娣叹了口气，"现在回头看，我觉得当时的她非常孤单，她最渴望的就是关心，毕竟她的家，她的父母对她的态度……明明连一支笔、一包零食也买不起，却幻想着成为受关注的中心。只要有人对她好一点，她一定会全力对他好吧。"

听到这话，何薇绮突然身子一颤。说不定就是有人在这个时

候对她虚情假意，获得了她的信任，还有她稚嫩的身体。而那具
被控制的躯体，为了这缥缈的爱意，全身心地扮演起陷害者的角
色，只为保护骗子。那个欺骗她的人打碎了她的家，让她失去了
最后的港湾。没有任何保护的小女孩，只剩下一条路：和他远走
他乡。在陌生的地方，那个人会对她好吗？还是只是玩弄一番，
就失去了兴趣？

郝宁传递出的钱叶的形象和自己调查出的她的形象，有些是
重合的，有些又是不同的。之前在心中对钱叶的厌恶感，随着调
查的深入，竟然慢慢减弱。何薇绮有点同情自己脑海中描绘出的
钱叶：自幼流浪，在家中被忽视，缺乏爱，又因轻信而陷入窘境
的少女。

"那个，您还有什么问题吗？"也许是自己陷入沉思太久了，
让李晓娣感到不安。

"啊，对不起，我在想事情。"何薇绮赶紧恢复精神，"你还记
得有谁对她特别好吗？"

李晓娣琢磨了一阵："洪老师吧。"

"有没有男的？"

"想不起来了。"李晓娣迟疑地摇摇头。

武家平总算回来了。"不好意思，我刚才打了个电话。你们聊
得怎么样了？"

"已经说完了。"李晓娣低头看了一下手机，"哎呀，都这么晚
了，我必须回家了。"

"哎，我送你回去吧。"何薇绮赶忙去发动汽车。

"不用了，不远的。"她摆摆手走远了。

何薇绮心里产生了模糊的想法，似乎指向已经出场的某个人，只是线索太过凌乱，找不到准确的方向。

"怎么了？"昏昏沉沉的武家平在瞌睡和清醒之间挣扎，感到车辆急停住。

何薇绮解开安全带，不满地说："我去好好打听打听。"

说着，她下了车，朝派出所走去。直到她走进大门，武家平也没有跟过来。反正他也帮不上什么忙，何薇绮想，自己要搞清楚，为什么女孩失踪，官方却一而再地拒绝提供帮助。

值班民警回绝她的采访要求。在她的再三要求下，民警打通了所长的电话。她以为所长人在千里之外，所以才姗姗来迟，没想到人就在办公室里面。

"什么事？"所长打着哈欠，面带困意地问何薇绮。

她在心中暗暗讽刺："上班时间睡觉，这工资领得可真辛苦。"

"钱叶失踪，为什么你们不同意立案？"

"钱叶？"所长疑惑地看着民警。

"A 村李宝富夫妇的女儿，他们之前来找过。"民警敲击键盘，把电脑屏幕歪过来，展示给所长看，用手指在上面指点。

何薇绮探头过去，想看看屏幕上的信息。没想到对方很警觉，迅速把屏幕扶正，没让她看见半个字。所长快速扫视完屏幕，把头转向女记者。

所长平静地说："她的情况不属于失踪。"

"怎么可能？十三岁就离家出走，十年来一直下落不明，怎么不能算失踪？"她质问道。

"人口失踪有立案标准。如果是十年前，未满十四岁的未成年人失踪超过四十八小时，我们肯定会立案。"所长依然保持平静，"但是她的父母前来报警时，她已经年满十八岁，是成年人了，有权做出自己的选择。"

何薇绮早就知道答案，也提前做好了准备，据理力争："你们怎么知道她没事？她已经失踪十年了，从十三岁起到现在，她很有可能在这过程中受到伤害。"

"没有证据显示她受到伤害。不对，这么说不严谨。我们有证据显示她现在处于正常的生活状态。李宝富家一直没有搬家，她的户口也没有迁出，如果她有意愿回来，她肯定会回来的。我们也是这样和李宝富夫妇解释的。"所长探头又看了一眼屏幕，声音里似乎压抑着某种情绪，"鉴于李宝富犯过的案件情况，钱叶目前的行为应该未受到胁迫。"

"警察之前根本没有仔细调查，情况不是这样的。"何薇绮试图用大量的证据说服这位中年官员。

可是对方没有给她开口的机会。"我们已经把情况告诉过李宝富夫妇了，和您再重复一次，钱叶的情况不符合失踪的立案标准。"他强硬地结束对话，转向值班民警，"我先回去休息了，有事叫我。"说罢，转身回到办公室里。

"喂喂，我还没说完呢！"她徒劳地大叫，追了过去。

值班民警拦住她："别追了，我们能告诉你的，都已经告诉你了。让他休息一会儿吧。"

"上班时间睡觉，白领纳税人的钱吗？"她生气地甩开了民警拦着她的手，后退半步，不满地发泄道。

"他半夜出警刚回来，再说，今天他也不当班。"民警的话语越说越轻，"我们一直都在负责任地工作。"

何薇绮甩了甩背包，负气地走出了派出所大厅。她受到了公权的限制，这件事绝对要想方设法写进报道里，一字不漏！他们管得了她的人，但是控制不了她的笔！

她正愤愤地想着，手机响了起来。是郝宁。她叹了口气，接起电话。

"Viki，你在 A 村？"

"是的，我正在采访钱叶的同学等人，了解她的过去……"她忙不迭地回答说，似乎在掩饰心中的不安。是不是周昕在背后说了什么？她的出行是临时决定的，没有事先请示主任，不过这应该不算什么吧，毕竟她是为了调查真相。只是那个同行人——她偷偷扫了一眼车里，武家平还在安稳沉睡——身份不详，能力不详，报价不详……不是一两句能解释清楚的。

"情况怎么样？"

"问到了她的几个同学，和你估计的情况差不多，以前就有撒谎的先例，还有小偷小摸的行为。"回忆起郝宁最初聊起这件事时的一些预判，何薇绮又一次认识到他的先见之明，"有很多新信息，值得深入挖掘。"

"干得很棒，Viki。"郝宁夸奖道，"具体情况回来说，给你发过去一个地址，有空过去一趟。"

手机传来信息提示音。何薇绮一看，还是在 A 村里。"这是什么地方？"

"李叔他们准备暂时搬来 K 市。也是为了调查方便嘛，离咱们近一点，有情况好过去问。"郝宁轻描淡写地解释，"你正好过去帮忙收拾收拾。"

"好的。"何薇绮犹豫着答应了下来。

"怎么了？吞吞吐吐的。咱们俩之间还有什么不能说的吗？"电话那头的郝宁敏锐地发现了她有所隐瞒。

"对不起，郝主任，其实我还找了个人一起过来帮忙调查——"她加快语速，补充道，"是律师介绍的专家，不是无关人士。"

郝宁似乎对这个信息没有兴趣，只是随便应了一声："好的，你自己安排吧。"就挂断了电话。

何薇绮松了一口气。她还以为郝宁会数落她没经过允许就擅自将外人拉到采访团队里呢。幸好没有。

她坐回车里，发动汽车，掉转车头向李家开去。

　　本来武家平答应和她一起帮忙，可是临到李家，他的电话铃声响起，对话一直没有停下。等得不耐烦的何薇绮自己先下车，走向李宝富家。

　　"哎呀，这不是何记者吗？"王婶热情地打招呼，"郝主任和我们说，您就在附近，一会儿就会过来帮忙的。这么快就到了。快进来。"

　　李叔正在楼上收拾，看见她的到来，慌忙结束手上的活，跑下楼。

　　看网上的图片，乡下的宅基地上可以盖高大宽敞的房子，这曾经令她有些羡慕。可是眼前这座，就连在 K 市这样寸土寸金、和父母挤在几十平方米的鸽子窝中的何薇绮眼中，一时间都找不到值得夸奖的地方。

　　这就是一座普通的两层小楼，哪怕和 A 村其他的住宅相比，也显得逊色，甚至可以说是破落。灰溜溜的，仿佛从未打扫过，几十年的尘土一直沉积其上；面积不大，似乎经费都花在高度上，留给平面的所剩无几；外形更是简单粗暴，拿笔乱画都比这强。

　　从两边是鸡窝的过道走进屋门，客厅里的陈设倒还算得上有些生活气息，但都是些过时的东西，仿佛时间停滞在某个时段，再也没有流逝过。仔细一看，何薇绮心头一惊，客厅里的所有物品，似乎都是属于那个不幸去世的男孩——李威的。意外发生一年后，这里依然保持原样。

　　角落里摆着散开鞋带的球鞋，衣架上挂着校服，敞开的书包里露出初中课本……就好像那个男孩只是出门玩耍，随时可能回家。

"郝主任说，你们要搬到 K 市，叫我过来帮忙收拾。"意识到自己在屋子中间站立太久，回过神来的何薇绮赶紧解释道。

"哎呀，郝主任真是好人。他让我们去城里住……"王婶流下眼泪，声音也呜咽起来。

"我帮你们一起收拾吧。"何薇绮环视四周，寻找能帮忙的地方。

"哪能劳您大驾，别脏了手。"李叔慌忙拦住，"自己来就行。"

"没关系。"她边说边干起来。

收拾了一会儿，何薇绮发现，收拾出来的东西似乎没有属于钱叶的。她的脑海中交织着王婶和李叔在《声援》杂志社会议室里提起钱叶时老泪纵横的画面和葛慎思说的只有男孩才算是家中的成员的话。

"钱叶的东西在哪儿？"何薇绮假装随意问道，"之前您两位带得有点少，这回我正好找找有没有可用的，线索也会多一些，更容易找到人。"

正在忙碌的两人停下，尴尬地对视，神情似乎有些慌乱。

"我去翻翻。"李叔和王婶异口同声地说道，他们迅速丢下手上的活，转身离开。

过了许久两个人才回来，手上拎着薄薄的作业本。王婶忙不迭地解释："哎呀，时间过去太久了，她的东西我们都打包收起来了，不好拆。我们两个费了很大力气，才从里面翻出个作业本。"递过来的时候，王婶用手指捏着作业本靠近边缘的一角，似乎有点嫌弃。

何薇绮接过作业本来，上面写着钱叶的名字，是她在十三岁，读六年级时用过的数学作业本。纸张上沾满新鲜的泥土，还散发着微微的异味，不像是从包裹里翻出来的。何薇绮犹豫着翻开了本子。

答案都是错误的，老师批改留下的尽是红叉。不光数学不好，钱叶写的汉字也有不少错别字，字形也很难看。何薇绮硬着头皮翻了几页，其中还有大片的空白，没有回答题目，而是手绘的图案。钱叶的绘画水平也不高，最多能看出来是个人，男女无法分辨，但肯定是个歌手。因为那个家伙手里拿着话筒，引吭高歌。

那一页的画像下面，是一行手写的稚嫩文字："永远爱凯凯。"这大概就是歌星的名字吧。不过，就连最爱的明星的名字，钱叶也写错了，"凯"字的左下角写成了"巳"。

这就是钱叶追的明星吗？他是谁？

回忆着高中时代的同学余屏屏给她讲述的"流行音乐史"，她翻开了下一页。看到了作业本上沾染的东西，她心头一惊，松开手，作业本掉在了地上。

难怪王婶用手指捏着边缘！

她看着右手手指上沾着的灰白色物质，泛起一股恶心感。

"不好意思。"何薇绮突然觉得手指无处可放，把上面的物质抹到身上还是别处都不合适。她就这么举着右手，随便找了个理由，急匆匆地离开了钱叶曾经的家。

从屋门出来，看到走道两边的鸡窝里同样沾着的灰白色物质，何薇绮一下子明白了作业本是从哪里翻出来的。

她把头探进车里，用左手摁动电钮，打开后备厢，用左手和胳膊拧开了矿泉水瓶的盖子，拼命往右手上浇。幸好矿泉水有的是，可以把手上的鸡屎冲干净。何薇绮掏出纸巾，狠狠地擦了几下，才稍微安心。

坐进车里，她发现武家平已经挂断电话，正用疑惑的眼神看着她。

"没事。咱们去易老师家吧。"

李叔和王婶嘴里的钱叶的童年幸福时光，恐怕要大打折扣。可惜这部分已经发表过，是不是要在未来的报道中加以订正或修改?

易老师年近七十，正享受退休生活。自从退休后，他就把家搬到镇上，和儿子儿媳一起生活。他们随便问问村民就得到了地址，毕竟好几代的孩子都是他教出来的，还有学生不时去看望他。

他们敲门说了来意，易老师很客气地打开门，让他们进来，没有质疑来者的身份。

安排他们坐在客厅里之后，易老师从厨房拿出三个杯子。"喝茶?"

"不用麻烦了,谢谢易老师。"何薇绮不想在繁文缛节上耽误时间,"我是《声援》杂志社的记者何薇绮,这是我的记者证,请您过目。"她从包里掏出证件递过去。

易老师接过来扫了一眼就还回去了。"过来陪我聊聊天,挺好的。"说着他环顾了房子,"平时他们都上班,也没人跟我这个老东西说说话。还是为了钱叶的事情?"

"有人和您说过了?"何薇绮已经见怪不怪了,肯定又是村里哪个情报网发挥作用了。说着,她拿出采访三件套,做好准备工作。

易老师扫视两人,五官团在了一起,发出老迈的笑声。"我老了,可是不糊涂。看你的样子就知道。"

"她现在和您还有联络吗?"这个问题成了固定的开场白,何薇绮徒劳地想。

易老师摇摇头。"怕是想联系也没法联系。"他难为情地笑笑,"岁数大了,手机这种新玩意我学不来,家里也没有固定电话。"

"您听说她最后的情况,是什么时候?"何薇绮追问。

和其他人一样,他对钱叶的印象也终结在十年前的春夏之交。就好像在那之后,钱叶这个人就人间蒸发了一般,所有的蛛丝马迹通通消去。

"教了一辈子书,最大的教训就是钱叶。唉,谁想到临老了,档案里留下不光彩的一笔,连累学校被合并了。我本来想给 A 村保留这座学校,让孩子们少走些远路。要是没出这件事还有机会,没想到，唉……"

"易老师，你不用解释给我们听。我们就是想打听她的下落。"武家平说。

易老师抬起头，盯着武家平，良久才缓过神。"她依然没有音信吗？有十年了吧？"

武家平的脸色变得凝重，陷入沉默。房间里的气氛突然变得冷清。

何薇绮奇怪，难道这个问题暗藏玄机？她小心谨慎地回答："是啊，我们问了几个她以前的同学，他们也和她没有联系。"

"都是我的错，我当时不够尽心，忽略了她的情况。"

女记者感受到老教师的自责，他在反思自己的失职。如果十几年前，这位老教师没有过早放弃，他本应好好教育钱叶，在她未成熟的脑中灌输正确的价值观；如果有人真正关心她，也许这个孩子就不会受人诱骗和蛊惑。

后面的一切也就不会发生。

看到易老师费力地抬起胳膊抹眼泪，何薇绮也对他有些同情。她刚想安慰两句，耳边却传来武家平冷淡的声音。

"你应该早就发现的。"武家平说，"连小学生都能注意到她会上课睡觉，还时常说吃不饱，你却注意不到。"

"当年我快退休了，一心只想着熬到年头，赶紧回家，对学生的确没怎么关心。村里的学校待遇不高，学生也不好管，家长也不客气。尤其那几年，正赶上打工热潮，就算你教得好，说不定哪天孩子就被家长拉到工地搬砖。说实话，那时我真的不想多管闲事。我只是……不够仔细罢了。"

"真的是这样吗？你难道之前没有遇到过相同的事情？"武家平的语气里充满压迫感。

"我有儿子，还有孙子。我经历过，但全程置身事外，没办法感同身受。"易老师仿佛陷入往昔回忆中，"钱叶不读书，调皮，不听话，喜怒无常，撒谎，和同学关系不好……村里的学校只有几个老师，我要管几百个学生，没有精力单独管她。可是她也没有和我说过什么。"

"这不是她的错。"武家平的语气依然很生硬，如同铁锤重击在易老师的身上。

易老师像是被击中了，全身在畏缩。何薇绮再一次被隔绝在外，成为旁观者。抽身而出的她，竟然嗅到对话里的火药味，两个人仿佛在看不见的战场上进行搏斗：武家平愤怒地指责，曾经的班主任则焦急地为自己开脱。

武家平的声音低沉："可惜还是有人发现了。"

"我已经为我的错误付出代价。"易老师的声音也变得低沉，就像发动攻击前的猎犬，"职称没评上，退休金还减了不少。"

"这远远不够。"

"我就是个小学老师而已，我能做什么？"

何薇绮一直在场，却不明白为什么场面会变得剑拔弩张。她紧张地看着面前的两人，两人在怒目而视。她不知道这个局面会如何收场。

突然，刺耳的手机铃声打破了沉默。武家平掏出手机，嘟囔着"接个电话"，走出了易老师家的房门。

房间里重新陷入了沉默。等了一会儿，按捺不住的何薇绮咽了口口水，轻声说："易老师，洪老师的联系方式，您还有吗？"

易老师转向何薇绮，依然是阴沉着脸，看起来他的情绪一时半刻是恢复不过来了。"时间太久了，你去 A 村小学问问吧。"

"呃，A 村小学已经被合并了。"

"我不知道，我和她没什么联系。学校有很多实习生，我不可能每个都熟悉。"他没好气地回答。

"谢谢易老师。"何薇绮不敢大声喘气，只敢小声致谢。

等了一会儿，两人都没有作声，于是何薇绮小声发问："那个，易老师，我听说钱叶的事，是您报的警？"

易老师一脸不快，脸甩到一旁，眼睛根本不看何薇绮，宁可注视着紧闭的门扉。"十年前我就告诉过那个男人，今天我再告诉你一次：不是我。"

"好的，谢谢易老师。"她立刻回应。

何薇绮心想：这个武家平到底发什么羊痫风，要和人家把关系搞得这么僵。要是将来因为他的缘故找不到钱叶，我非骂死他不可。尴尬的寂静中，她屁股下面像是粘了什么东西，感觉怎么坐都不舒服。他怎么还不回来，一个电话能打多久？

实在忍不下去了，她匆匆站起来，对易老师鞠了个躬，说声

"告辞"，然后夹着尾巴跑了出去。

武家平还在绕着车打电话，边说边走。何薇绮想，这个时候正好打听一下洪老师的联系方式。考虑了一会儿，她还是拨通了白涛的电话。

"白涛，麻烦你帮忙找个人可以吗？啊，对，是的，是的。姓洪，是个女老师，2005 年或 2006 年在 A 村小学任教。我想采访她一下。好的，没问题，谢谢，再见。"

快速打完电话，她发现武家平也已经挂断。

"问完了？"武家平明知故问。

何薇绮没好气地应了一句。

并不仅仅是因为这一次武家平没有帮上忙，之前她就有所怀疑，武家平是否像他自称的那样，是行业翘楚。他之前的表现算不上毫无帮助，也说不上起到关键性的作用。在何薇绮的想象里，武家平依然像之前那样，偶尔会插进几句话，但每一句都威力巨大，触及核心。可是实际上，武家平关注的点都是莫名其妙的细枝末节。说到底，至少到目前为止，他没有发挥出任何作用；即使没有他一起，何薇绮调查出的东西也不会少一分一毫。

他真的是寻人专家吗？

她低头掏出车钥匙，武家平从何薇绮身后追了上来，轻声说："他知道的比他说的多得多。"

"什么？"何薇绮停下脚步，回头无奈地看他，"他都知道什么？"

武家平摇摇头。"是他告诉钱叶父母的。"

"告诉了什么?"

武家平左右看了一眼,压低声音:"去车里说。"

何薇绮不解地打开了车门锁,上了车。

"你刚才话说到了一半,到底是怎么回事?"一上车,她就迫不及待地追问。

武家平的声音低沉,好像嗓子里卡了什么东西。"易老师早就知道钱叶的情况,呃,那个情况。"他含糊地说。

何薇绮明白他指代的是什么。"他不是说他忙,没有注意到吗?"

"他在撒谎。"武家平不耐烦地说,"他刚才一直在辩解,可是话里话外的意思,很明显他早就知道。"

这就是武家平生气的原因吗?"他早就知道?为什么?"

"他自己说的。"武家平愤愤不平地回答,"发生在钱叶身上的事情,是刑事案件,对于易老师,不仅仅是污点和丑闻。他很清楚,现在也证实了这一点:他受到降职惩罚,退休金也被削减。如果把事情压下来不发酵,被合并的学校就是另外一所了,以他的资历和水平,不仅可以升职,还能加薪。"

为了蝇头小利,他故意对女孩的遭遇置若罔闻。何薇绮震惊得嘴巴合不拢。思考片刻,她冷静下来:"不应该啊。易老师不是坏人,村里人还说时至今日还有学生会去看望他呢。"

武家平看起来很失望:"他也许在教书上是好老师,但是在育人上未必。"

她不知道怎么回应，正在思索着，突然听见武家平在催促："咱们回去吧。"

"不再找人多问问？"女记者觉得现在就离开未免太早，拜访的几个关系人，都未能提供关于钱叶行踪的线索，"截止到现在还没有任何进展。"

武家平表情严肃："有了很大的进展。"

她狐疑地盯着寻人专家，盘算着他到底从哪里发现的头绪，自己为何没有注意到。

"钱叶喜欢的歌星。"

何薇绮在脑海中挖掘了很久，才想起那个名字。"姓吉的那个？"她实在想不出这个姓氏出过哪位明星。不过不管是谁，十年前是个红星，现在也已经过气了。

"事实上是姓'祥'，李晓娣说是一个少见的姓氏，她应该是把'吉'和'祥'弄混了。"

"原来是祥凯！"她猛然想起这个名字。在二十一世纪最初的那几年他的确有些名气，唱过几首歌，红火过一阵子，开过几场演唱会，由于没有后续作品，很快就沉寂下来，变得默默无闻。这些冷知识还是高中时代听"流行音乐史学家"余屏屏转述的，没想到若干年后竟然派上了用场。

武家平继续说道："我在网上搜了他的信息，发现他有过粉丝论坛——现在已经没了，不过在当时非常出名。"

可惜论坛这种小众的封闭网络空间，在"千寻"网络公司推出网络交流区后，立刻被更开放、更廉价的新型网络空间取代。

"和钱叶的同学聊过，知道她有网友，又喜欢祥凯这位明星，所以我推断，她登入过那个论坛。我找了一些朋友，辗转找到了这个论坛的主人，她还保留着这个论坛的数据。我通过朋友和论坛主人解释了原因，她很乐意把数据分享给我的朋友。我的朋友通过计算机技术锁定了钱叶的网络名，其实就是她的本名，也找到了一些和她联系较多的网友。"

何薇绮不禁对武家平刮目相看，原来找人不仅仅要依靠两条腿，还要依靠这么多高科技。直到这时，她猛然醒悟过来，难怪之前老武一直缠着别人追问歌星的名字，原来还有这招！她之前以为的毫无价值的问题，竟然成了通往答案的捷径。

"我发现祥凯于 2006 年 6 月 25 日在 K 市举办过演唱会，这正好是钱叶离家出走的时间。"武家平不断地说着，"李晓娣注意到钱叶的母亲王翠华砸了随身听后，钱叶说要做一番大事，而且她当时还展示了大量的现金，我怀疑她可能去过祥凯的现场演唱会。"

"这只是推测而已，没有证据证明。"何薇绮反驳。

武家平赞同地点头："所以我让朋友专门调查了那段时间之前钱叶在论坛上的发言，发现她和其中一个网友约定了在 K 市的碰面时间，两个人要一起去听演唱会。这个网友恰好就是和她交流比较多的网友之一。为了联络方便，这个网友给她留下了手机号码，而这个号码——"武家平露出了得意的笑容，"我打通了，号码还在使用，而且这人还记得钱叶。"

信息蜂拥而至，将她脑中的信息高速公路彻底堵死，令她头晕目眩，好一阵反应不过来。"你是说，你已经找到钱叶了？"过了好久，何薇绮才反应过来，她兴奋不已。

"我找到了她最后见到的网友。"武家平连忙更正，"十年前最后见到的。"

"至少我们找到了她十年前的踪迹。"何薇绮感慨道。通过这位不知名的网友，他们可以再前进一步；通过一步步前进，最终来到终点，找到那个曾经消失在人海中的小女孩。"网友在哪儿？"

"还在 K 市。"

"太棒了，咱们立刻出发！"

难怪他一直抓着歌星的名字不放，原来意在于此啊。何薇绮心中不禁冒出钦佩之情。之前老武给她留下的无能形象，在这一刻突然发生逆转。他竟然能从如此细微之处发现重要线索，真是了不起。难怪他是寻人专家，看来并非浪得虚名。

她一边想着，一边将油门踩到底，汽车在道路上疾驰。

他们回到 K 市时，已经是晚上十一点钟。何薇绮出站后看到天色已晚，希望把见面时间推迟到次日。武家平极力反对，说对方已经等了很久，非要今天见面。她怀疑是专家垫资的缘故，收回钱的时间越短越好。她理解武家平的心情，只是心中有些惴惴不安，不知道那个网友的情况，一个女孩子贸然前往，是否有点危险？毕竟那个网友也好，武家平也罢，对她来说都是陌生人。借着去洗手间的机会，她给郝宁打了个电话，想请他过来，铃声响了几下就被挂断了。

何薇绮遇到过好几次类似的情况：打电话着急找郝宁，对方却不回应；在办公室或家里也找不到他，问同事也都不知他的行踪。几小时，甚至几天后，何薇绮才收到回复。郝宁解释说在跟某个新闻，当时没空，诸如此类。尽管对他神龙见首不见尾的毛病已司空见惯，可她还是没法释怀他在关键时刻消失。

站在洗手间的镜子前面，面对着自己的镜像，她将自己的面部表情逐渐收敛，心中打定主意，稍后要去郝宁家找他。好不容易取得了阶段性进展，她急切地想找人分享喜悦。

在离开洗手间前，她决定一会儿要把和陌生网友会面的地点定在公共场合。

既然没有别人帮忙，那只能自己多加小心。从小父亲就教导她，君子不立于危墙之下，还举出具体方法：一个女孩子要想安全，就别穿引人注目的衣服，不走夜路，不要喝醉，避免和男人发生冲突……她一一践行父亲的教诲，虽然心不甘情不愿，不过平安地活到现在，至少说明了他的理论有可取之处。

她选在离火车站不远的二十四小时营业的连锁快餐店，毕竟到了这个时间，可供选择的太少了。毕竟是交通枢纽，周围的人流量还是不小，就算是深夜，也坐着几桌人。武家平来来回回打了几次电话，何薇绮总算见到那个陌生网友——看上去年纪和自己差不多，性别也一致，何薇绮稍微松了一口气。他们选了一个僻静的角落，随便点了几道看上去让人没有食欲的菜。

菜上完了，他们还没有说话。趁着这个机会，她打量着对面的女孩。这个网友还很年轻，却有种饱经沧桑的衰老感，给她的容貌着实减分不少；而且对方似乎未施粉黛，头发也好像没有洗过，就好像临时被召唤，匆匆赶来，事先没做任何准备；脸色发白，像是处于惶恐不安的状态；衣服的搭配也不尽如人意，现在是夏天，她却把自己包裹得严严实实，像粽子一般。如果她肯下功夫好好收拾自己的话，绝对会是另外一副模样。

"您好，您是何记者？"网友怯生生地问道，只在打招呼时看过何薇绮，剩下的时间都低着头，躲避着别人的视线。

"是的，我是。"说着，她递上了自己的证件。看到女孩不安的眼神扫过武家平，她赶紧补充道："这位是老武，之前他应该和你联系过。"

网友点点头，匆匆看过证件，退还给她。

何薇绮接过证件，收回包里："你怎么称呼？"

网友看了武家平一眼，咽了口唾沫，轻声说："肖敏。"

"小敏？你姓什么？"

那个女孩有点不知所措，倒是武家平反应很快，白了何薇绮一眼，说："姓肖。"

哦，是"肖敏"啊。她从包里掏出采访三件套，摆在餐桌上。

肖敏看着餐桌上的东西，伸手指向录音笔，说："不要录音。"

"有录音比较好，避免出现误会。"何薇绮解释，"你有可能会说错，或者是我理解错了，引起纠纷不太好。"

肖敏坚定地摇头："不要录音，不要在报道里提我的名字。"

听完她的要求，何薇绮心中略有不快。信息来源不明的报道，不能说服读者。再说，她提供的消息还是十年前的，对现在的情况顶多有参考价值。还没谈，就给自己加戏。

没等何薇绮反驳，武家平抢着说："好的，我们答应你。"

明明之前两个人说好的，采访由她主导，现在武家平却接连抢戏。

武家平关闭了录音笔，重新放回桌上。何薇绮不断用眼神暗示，对方却不为所动，继续无视自己。

"你是什么时候见到钱叶的？"武家平柔声细语地问道。

肖敏低着头，轻声回答："2006 年，6 月 25 日，下午。我在火车站接到她的。"

"你们之前见过吗？"

肖敏摇摇头。

"那你是怎么认出她的？"

"我们互相发过单人的照片。"肖敏的声音很低，语速有点快，饱含着紧张的情绪，"在网络上。"

"她来找你干什么？"

"听祥凯的演唱会。我们之前在网上聊过，还算熟。她说她年纪小，没出过远门，所以要我陪她一起。"

"你们两个见面之后，都干了什么？"

"她来得很迟，我们吃完饭就立刻去听演唱会了，还好离得不远。"肖敏每次回答完问题立刻开启静音模式，就像快用尽的牙膏，不使劲挤就出不来。

"听完演唱会呢？"

"就分开了。"

"你们没一起走吗？"

"人太多，"肖敏说着，挠了挠嘴角，"走散了。"

"你没看见钱叶去哪儿了？"

"没……没看见。"

肖敏刚回答完，何薇绮就忍不住插嘴："不好意思打断一下，请问你现在多大？"武家平很喜欢对莫名其妙的细节刨根问底，却无视显而易见的地方。对这个来历不明的网友，应该先了解一下基础信息嘛，确定她的身份，最起码可以判断她说的是不是真的。

肖敏紧张地望向武家平，就好像答案写在他脸上似的。"二十三，不，二十五岁。"难道她忘记了自己的生日，或者拿不定现在是什么年代？

不论长相还是气质，都与她的年龄不符。肖敏和何薇绮算起来年龄相差无几，可是肖敏的容貌和身材更像在之前生命中的几年里发育迟滞；而待人接物的态度仿佛进了别人家门的猫，警觉和恐惧交织。

"你现在在做什么工作？"

"呃，在工厂，打工。"肖敏的声音在何薇绮听来，似乎夹杂着不安和犹豫。

"你是 K 市人吗？"

"呃，是的，是的。"

"你的口音听起来有点像外省的。"何薇绮从刚才就奇怪，她的口音明显并非 K 市的本地人，可她自己又宣称钱叶是因为她是本地人才来投奔的。这有点出入。

"呃……这个……"肖敏显得有些慌乱，给何薇绮的感觉是这个网友简直像被抽查背课文的小学生，正好被抽到没背过的部分，"我是很小的时候搬过来的。"

何薇绮还有一些问题要追问，可是武家平突然提高音量，压过女记者，在争夺话语权时占据上风。"肖敏，后来呢？你和钱叶还有联系吗？"

肖敏毫不迟疑地回答："没有了。"

"你的意思是，她再也没在网络论坛上出现过？"

"是的，她再没有出现过。而且，她再没登录过网聊工具。"

"就是从那天开始的吗？"

肖敏重重地点头："是的，她再也没出现。"

何薇绮感到心脏停跳了一拍。钱叶再也没有出现过……

"一个十三岁的女孩，如何在陌生的城市里独立生存？"这个问题她曾经问过郝宁。她还记得那个答案，郝宁面露猥琐的笑容：
"女孩嘛，只要两腿一分，总能活下去。"

"你没有感到不对劲吗？"武家平追问。

肖敏发出低到几乎听不到的声音："没有。"

"她可是一直都没出现啊，你从来没有在网络论坛上多问过一
个字？"连何薇绮都能感觉到武家平的声音高亢得刺耳，"她不是
你的好朋友吗？为什么你没有关心过她的下落呢？她是在和你见
面之后失踪的，你怎么会放心，假装一切没有发生过？"

肖敏在连珠炮似的质问下，似乎有点不知所措。

何薇绮试图劝阻武家平，可是对方越发笃定。

"你肯定知道，却没有说。"武家平用确定无疑的语气质问道，
"你看到了什么？快说！"

"我什么都不知道，真的……"

"十年前一定发生了什么，才让你如此记忆犹新。你肯定看到
了，对不对？"

如果说肖敏有什么表情变化的话，何薇绮会说此刻的她仿佛
如释重负了。

"我看到了……我看到了她……跳河。"

第六章（上）

祥凯的演唱会结束了。钱叶以为音乐声永远不会停止，可是伴随着大幕落下，祥凯的身影再也看不到，身边的人也在起立离开。钱叶对过去的时光恋恋不舍，直到整个体育场里空空如也，她才茫然若失地走出来。

沿着马路，钱叶在夏日的夜晚手舞足蹈地徒步前行。此刻她还沉浸在幸福中。祥凯的演唱会是她人生的高潮时刻，自己生命中所受的一切痛苦，都是为这一刻献祭的祭品。她在演唱会上亲眼看见了偶像的一举一动，不是照片上呆板的油彩，不是网络上稍纵即逝的瞬间，而是活生生的人。她亲耳听到了悦耳的歌声，而不是掺杂着刺耳杂音的代用品。

她正在向人生的巅峰攀爬！耳边响起祥凯的歌声，心脏跳动的节拍如同乐曲的和弦。

然而几分钟之后，她心中爆发出了难以抑制的负面情绪。她穿着自己最好的衣服，即使是小学生，也能感受到自己和其他人格格不入，心中产生了羞耻感。钱也花光了，幸好来演唱会前，她吃过简单的食物饱腹，现在没有饥饿感。下面该怎么办？心中的烦躁越来越强烈。

她说不清为什么会产生这样的感觉，明明前一秒如上云端，下一秒却坠入深渊。这样的感受困扰她很久。她眼前出现的不再是美好，取而代之的是一团乌云。

她妈妈的脸出现在乌云中，伴随雷声怒吼着："你这个丧门星！"

钱叶抑制不住自己的恐惧，在陌生的城市里奔跑。

周围的人看着她，窃窃私语，指指点点，偷笑不已。她知道那些人都是谁，是 A 村的邻里。他们总是叫住她，问她难堪的问题，不管她如何回答，对方都在笑。

令她不安的笑容。

她厌恶这一切，她离开了家，离开了 A 村，坐上了火车，来到了新的城市。

可是她依然摆脱不掉。那些人、那些声音、那些笑容……始终追逐着她，围绕着她，困扰着她。

她捂住耳朵，不断地甩头。

可是声音越来越大，各种声音缠绕在一起，就像噪声。

"丧门星！""败家子！""不孝子！""他摸你那里了吗？""舒

131

服不？"

"滚开！"钱叶对着虚无号哭。

回应她的是阵阵嗤笑。

周围没有人，一个人都没有，什么人都没有。钱叶的眼睛告诉大脑，可是大脑拒绝接收这个信息。大脑中枢不断地向耳朵发出指令：你听到了，你能听到的。

远方似乎传来了音乐声，钱叶竖耳倾听，那是祥凯清澈的声音。

歌声是钱叶生命中唯一的光。她的随身听已经被砸了，哪怕是劣质的声音她也听不到了；亲身经历的演唱会也结束了；身上没有钱，也不知该去向何方；她不敢面对母亲，也不愿见到村民，更不想照顾弟弟。

分辨不出现实和幻想，她感觉自己重新置身于演唱会现场。她看到舞台中央的祥凯，自己却在不断远离他。耳边的歌声越来越小，杂音越来越大。

不要，求求你，不要。

钱叶向着舞台中央飞奔。

能够聆听祥凯的声音，她实现了人生的全部愿望。这是最好的结局。

舞台变成了河流，河水呛进她的嘴里、鼻孔中，她不住地咳嗽；她感到水的压力，它似乎在向外驱赶她。可是她不愿意就此放手，她奋力向舞台前进，努力抓住那束即将熄灭的生命之光。

水淹没了她的头顶，她依然义无反顾地向河中心走去。

有人说，人在死之前，会看到自己的一生。

可是钱叶眼前只有一片漆黑。

她继续前进，困扰她的杂音越来越小，直至消失；伴随她的只剩下祥凯空灵的歌声。

钱叶的眼前突然出现一片无比鲜艳灿烂的色彩，比她曾经见过的最丰富的色彩鲜活明亮几万倍，闪得她睁不开眼睛。

与此同时，她耳边传来了缥缈的声音："不要，别死！"

那个声音越来越弱。

第七章

何薇绮曾有预感会是这种结局，但从别人嘴里听到，心中还是充满了震撼。身边的时间似乎静止，只剩下自己孤身处于秘境，画面和声音都被隔绝在外。繁乱的思绪不断地在脑中翻腾，犹如一锅滚沸的水。不知过了多长时间，她才从闭锁的自我世界中解放出来，回到这家连锁快餐店，回到堆着无人触碰的食物的餐桌前，回到充满悲伤的现实世界中。

"钱叶死了？"何薇绮明知答案，却还是不死心地追问。

肖敏用力地点点头。

她就这么死了？自己的报道刚开了头，后面还需要追加很多信息。本来还以为可以依靠这件事情，写出传世之作，至少能传达自己的理想，却在开始时就被画上了休止符。

这不可能。

何薇绮转念想到，她在说谎。眼前这个家伙不过是个沽名钓誉的无耻之徒，她就是想出名，就是要骗钱。

"你有什么证据吗？"女记者突然跳出哀伤，质问起眼前的证人。话一出口，声音之大，连她自己都吓了一跳，更别提对桌的肖敏了，就连柜台后面的服务员都忍不住偷看。

肖敏似乎被何薇绮的怒吼震慑，一时间手足无措，双手放在餐桌上，似乎在轻微颤抖，脸色原本就不够红润，现在更是变得煞白。

武家平怒目而视，对何薇绮的举动表达了强烈不满："肖敏，你别害怕。你刚才说的都是真的吗？"

惊吓中的肖敏看向武家平，心情稍微平复了一些："是真的。"

"你亲眼看到的吗？"

"是的，我亲眼看到的。"

"你为什么跟着她？"

"我丢了票根，很伤心，那是我一辈子的宝贝。可是，她把自己的票根送给了我。我一开始很高兴，就和她告别回家。可是路上，我突然觉得不对，这么宝贝的东西，她突然送给我，难道她不想保存吗？而且之前我问过她住在哪儿，她也不说。我担心她出事，就跑回来找她……"

"然后你看到了她……"武家平顿了一下，才缓缓说出那个容易刺痛神经的词，"自杀？"

"我看到她跳进河里，水淹没了她，她扑腾几下就没动静了。"

肖敏捂住脸，"我那时太小了，才十四岁，也不会游泳，我很害怕，就跑掉了……"

"周围没有别人吗？"武家平轻声问。

肖敏摇摇头："没有，那里很偏僻，周围没有人。"

"你说你很害怕，没有告诉别人，是连父母也没告诉吗？"

"是的。家里不许我去，我是偷偷去的。他们知道一定会骂我的。我不敢和他们说我去听演唱会，更不敢和他们说有人在我眼前淹死……"

"我明白了。别害怕。谢谢你告诉我们真相。"说着，他又瞪了何薇绮一眼，就好像弄哭了肖敏全是她的责任，"你还记得在哪里吗？"

"嗯。"肖敏轻声回应，"演唱会是在人民体育馆举行的，她没走多远，就在那西边。"

何薇绮在脑中绘制出 K 市地图，人民体育馆的西边，那不就是火车站附近吗？那条河流经此地，的确有可能。

钱叶当年的活动轨迹就在自己的周围，说不定她的尸体依然沉没在不远的某处。

不，这不可能。防御机制不断地提醒何薇绮，这个来历不明的"网友"的所有证据，全靠这张嘴。她这么做的动机是什么呢？愿意相信她的那部分脑细胞在反驳，她要求不登名字，也从始至终没有提出过费用要求。那她说谎又是图什么？两个论调争执不休。

拿出证据来。何薇绮阻止自己的大脑内战，刚要提出这个要求，武家平再次抢先。

"你有什么证据证明吗？"

肖敏再次低下头，迟疑良久，缓缓地摇头。

"比如视频或者照片。类似的东西也没有吗？"

"我和她合过影，但太久找不到了。"

何薇绮不知该叹气还是该长舒一口气。平心而论，她感觉这女孩说的绝非百分之百的真话，尤其是肖敏浓重的外省口音，令其可信度大打折扣，甚至当年是否在 K 市都很难说；但肖敏说的内容里混杂着毋庸置疑的真实感，每一处细节似乎都证明肖敏曾身临其境。"你说的都是无法证实的信息。"她认真权衡是否要将这段经历放进报道里。肖敏至少要提供出可信的证据，哪怕侧面的证明，她都愿意将这块内容放进去。

"那有什么能证明你说的话的东西吗？"只剩下武家平还在徒劳无功地追问。毕竟这条线是他挖出来的，他可以证明肖敏和钱叶在网上有过交集，但线下部分除了唯一的人证，别无旁证能够交叉证明。就算她能证明她听过演唱会，那也只是她们的线下交集。

冷场的时间太久，何薇绮都等不及要离开了。这时肖敏打破了沉默，从身上翻出了一张纸片。"我只剩下这个……"

何薇绮伸手去接，肖敏却胆怯地退缩，迟疑片刻才交到何薇绮的手上。女记者拿到眼前，打开，原来是一张门票。这张门票显然经历无数劫难，在时间的长河里浸泡已久，几处失去了图案，印痕、折痕、水渍等也随处可见，但重要信息保存完好，能够一眼就看出，这是祥凯的演唱会门票。何薇绮一愣，更加仔细地看着票，发现时间、地点和肖敏说的完全一致。"这个是……"

"那天的门票。我还留着。"肖敏犹豫着，"我只有这个能证明。"

何薇绮的眼前一亮。

票根的背面，有几个幼稚的小字：永远爱凯凯。

"凯"字的左下角不是"己"，而是"巳"。和钱叶作业本上的字一模一样。

满桌的快餐没有碰过，就丢在那里吧。何薇绮懒得管这些小事了，她急切地想和郝宁说说现在的发现。一小时之前，她可没有想过会有这么重大的成果。她需要喝点什么，不是奶茶那种，而是更烈的东西。不打算去问郝宁家里有没有，她直接从网上选了一瓶酒，叫了外送，送到郝宁家。一会儿她也会过去。

当然，她没忘了在外送的备注里写明：不要敲门，放在门口就可以。

而现在，她要把肖敏送回家。这么晚了，她不放心让这个提供了重要线索的女孩自己回去，更不放心把她交给武家平或者是出租车司机，这三者的危险程度不相上下。

"我把你送回家。"何薇绮扶起脸色不佳的肖敏，轻声说，"你住在哪儿？"

肖敏拒绝她的帮助，胆怯地表示自己回去就行。可是女记者再三表明自己的决心，这么晚一个人回去不行。三个人讨论了一阵，最后决定武家平也跟她们一起，先把肖敏送回去，再送何薇绮。

火车站周边的出租车还挺多，他们很快就发现了一辆空车。何薇绮没有让另外两人立刻上车，而是绕到车辆正面，确认生产厂家。

不是快马公司生产的。她这才放心地请大家上了车。

"我住在工厂宿舍。"肖敏见推托不掉，给出了地址。

听说要去郊外，出租车司机立刻露出不满的表情，嘟囔着回程拉不到人。何薇绮告诉他，一会儿还要送他们回到市区，司机才挂上前进挡位，放心地踩上油门。

出租车里弥漫着冷清的气氛，一向热衷于和乘客讨论的司机几次试图发起话题都失败了，没有人有心情和他聊天，司机终于放弃努力，一心专注开车。车上的收音机播放着音乐，激烈的乐曲声也盖不住车内的冷清。

苦熬半小时，司机到达了第一个目的地——工厂宿舍。这座工厂生产电子设备，以人员密集和选址荒凉而"闻名"。看着月光下荒芜的宿舍区，何薇绮放心不下，执意要送肖敏到宿舍楼下。肖敏百般推辞失败，只好指挥出租车司机在小路中七扭八拐，来到了她住的宿舍楼下。目送最后的目击者上楼之后，何薇绮才让司机开车。

出租车重新启动，出于过去对建筑的爱好，她观察着夜幕中造型统一的楼宇，发现肖敏所住的宿舍楼的门口正对着枯萎的草坪。车辆开出一段距离，何薇绮才意识到，自己忘记问肖敏的联系方式了。不过没关系，武家平有，迟些时候问他要好了。她告诉司机郝宁家的街道名称，然后闭上双眼，脑中不断回想钱叶短暂的生命历程。

钱叶竟然只在这个世界上活了十三年。很小就失去亲生父亲，在重男轻女的环境下长大，享受不到父母的爱，在学校里被忽视，不爱学习，性格孤僻，有小偷小摸的坏毛病，没有知心朋友，唯一的爱好也被扼杀，被坏人诱奸并控制……以上这些既是原因又是结果，共同将年幼的女孩送进了死亡的深渊。从这个角度看，死亡对她来说反而是种解脱……

电话铃声打断了她的思绪，她拿起电话，上面显示的并非她翘首以盼的来电，而是陌生的号码。接通后发现是外送员找不到地方。她重复了几次地址，也告诉了外送员路径，对方竟然还是没能找到正确的入口，她的暴躁情绪终于爆发，大声呵斥电话那头的无辜听众。外送员挂断了电话，不知是找到了正确的路，还是只是出于恐惧。

副驾驶席上的武家平关切地看着她，她别过头，和缓了一下心情，挤出一丝微笑，慌忙解释："郝主任家的路就是有点难找，我也是去了好几次才不再迷路的。"似乎这样介绍也不合适，好像显得他们关系亲近似的，于是她又不自觉地补充道，"就是你看到的报道上的郝记者。他写过很多涉及社会阴暗面的报道，得罪了很多人，就算在家也不随便给陌生人开门。"说着，她尴尬地笑笑，"记者这行真是太危险了。"

对方没有回话，看到她似乎没事了，就回过头，不再追问。反而是她觉得有些尴尬，干吗对不知情的人说这么多。幸好对方没有什么聊天的欲望，她也就没再说什么。再回到原来的思绪上，却怎么也静不下心来，焦躁不安的感觉充斥全身，就好像皮肤马上要起火。

司机停下车，告诉何薇绮她的目的地到了。她得救般蹿到了车外，踩在地面上，被深夜的冷风吹在身上，才感到舒服了一些。她支付了足够送武家平到家的车费，目送出租车离开，才转头走进郝宁家的小区。

酒就放在他家门口，看来外送员最终还是找对了地方；可是无论何薇绮怎么敲门都没有人应。她拿起酒瓶，转身离开。

不想再乘车，她从手机上查了最近的一家酒店，走过去，开了一间房。进入房间，把三道锁都锁好，把挎包、手机等丢到一旁，用蛮力打开酒瓶，对嘴喝了几口。

酒精灼烧着喉咙，眩晕感嗡地窜进大脑，很快整个神经系统都变得麻木。

她现在想要的正是这种感觉。

何薇绮抱起酒瓶，衣服都没脱，就窝到床上，脑中一片空白。

她不知道又喝了多少，直至失去意识。

被急促且不间断的噪声吵醒，何薇绮从朦胧的睡意中挣扎着睁开双眼，摸了摸嘴边的口水，依然没有意识到声音来自哪里。那声音不屈不挠地连续响了半分钟，终于让她彻底清醒过来，何薇绮才明白，一直响着的原来是手机铃声。

她匆忙接起电话，那边传来了父亲担忧而又严苛的声音："你跑到哪里去了！"

何薇绮四下望去，自己也不清楚所在，只好含糊地解释。但是父亲矢志不渝地非要问清楚。她努力回想，才记起昨晚因为烦躁和伤心住在酒店里了。她急忙向父亲解释，昨天回来得太晚，找不到出租车，所以住在附近的酒店，以及由于太累，忘记告诉家里云云，总算打消了他们的担忧。她看手机电量不足，急忙说要先去上班，保证今天下班立刻回家，一刻也不耽搁，父亲这才放心地挂断电话。这时何薇绮才发现，原来手机上有十几通未接来电，都是父母打来的。

幸好还有父母在关心自己。她暗暗庆幸自己生活在良好的环境中，不会遭遇钱叶那样的悲剧。

收拾随身物品时，看到床边还有半瓶酒，她任由酒瓶留在原地，随手整了整衣装，拔下房卡，下楼退房。

到杂志社时迟到了，面对前辈周昕，何薇绮挤出致歉的笑容，和他友好地打了招呼，打开电脑。在等电脑开机的工夫，她又一次来到郝宁的办公室门前。

上一次站在这门前不过是昨天，可是今天站在这里，她心中竟然有种恍如隔世之感。只一天就发生了这么多事情，真是令人难以置信。

"郝主任没来。"耳边传来了周昕的声音。

何薇绮退回到座位上，电脑已经启动，她飞快地点开文档软件，敲击键盘。她没有构思清楚文章的脉络，手指却一直停不下来，将脑中不断涌现的词句敲击到屏幕上。连贯的噼噼啪啪的声音似乎也堵住了周昕的嘴，他几次站起来，掠过办公桌的隔板，想要对何薇绮说些什么，但是最终没有开口，垂头丧气地又坐了回去。

文思泉涌的状态一直维持到下班，她本想继续写下去，可是记起自己答应父母准点回家，于是依依不舍地收拾杂物，准备离开办公室。

周昕终于抓住了机会，仿佛一整天都在等何薇绮放松的一刹那。"你现在不忙了吧？"他把头探到何薇绮的格子间里，嬉皮笑脸地问道。

"周哥，我今天有事，必须回家……"话一出口，何薇绮自己也奇怪，明明是帮别人忙，自己的回答里竟然带着求饶的语气。

前辈没有给她更多的解释机会。"上班迟到，下班还挺积极。"他脸上有笑，话里带刺，"回家着什么急嘛。加会儿班，把早上的时间补回来。"说着他"砰"的一声，把厚厚的文件夹丢在她的办公桌上，"不是什么难事，就是帮忙查点资料。"周昕的语气里没有半点求助的意味，"明天上班前给我就行。"

周围的同事们包括"罪魁祸首"周昕，从她的办公桌前路过，走向了大门口。她看着那本厚册子，无奈地又掏出手机，向父母告知加班情况。这时她才想起，自己白天太投入了，甚至忘记吃午饭。

等她完成了周昕交代的工作，饥肠辘辘地赶回家里，迎接她的是冷冰冰的父亲的脸。

以及满桌没有动过的、刚加热好的饭菜。

女记者第二天的写作状态起伏不定，创作热情也消退很多，倘若一鼓作气没成功，后面便是再而衰。昨天心无外骛，全身心投入文章中；今天却经常被琐事分心，动辄走神，写作过程磕磕绊绊。她咬牙终于把文章写完，心知虎头蛇尾，不忍回头再读一遍。索性就这样吧，何薇绮听天由命，直接把文件塞进了邮件里，点了发送。

让郝宁去发愁吧。

次日一早，她准时来到办公室，茫然地坐进自己的格子间。度过上一段忙碌而充实的时光之后，她突然产生了一种失去奋斗目标的幻灭感，对手上的工作提不起精神。

"Viki，你进来。"

她抬头看到了几天不见的郝宁，直属上司的脸只从门缝里露出一半。她迅速站起来，走进主任办公室，关上了门。

"我看了你的文章。"郝宁转身从身后的办公桌上拿起了一沓纸，展现在何薇绮面前，两人面对面站着对视。

郝宁的声音很平静，她听不出里面的含意，所以忍不住开口问道，急切地想知道他对自己的文章的评价："您看完了？钱叶的一生真的是太可怜，我之前……"

郝宁把稿子塞到她手上，生气地打断了她的话："你在胡说八道什么？"

"啊？"她大吃一惊。何薇绮预想过很多种评论，里面并没有这一种，"您……什么意思？"

"钱叶死了？你是发了什么神经才想出这样的结论的？"郝宁的脸上写满了不快，"这么多天你都瞎忙活什么呢？"

何薇绮回答说："这是我查出来的……"

结果换来了一个白眼。"李家夫妇为什么找到咱们？你还不明白吗？"

"因为 K 市别的媒体不像咱们这样不畏强权……"看到郝宁的表情，她自觉地中止了回答，没自信地低声说，"原来不是这样。"

"那我换个问题：他们为什么非找 K 市的媒体，不找其他城市的媒体？"

"因为……"何薇绮犹豫着轻声说，"《声援》的名气大？"

郝宁都嗤之以鼻。"你自己信吗？一个省会城市的媒体，再有名能比首都的更大？”

　　女记者其实是相信的，可是本单位的领导都表了态，摆明是要她回答不信。“呃，那是因为钱叶十年前最后一次露面是在 K 市的演唱会……吧？”

　　郝宁重重地戳了戳稿子：“你靠奇妙的联想，找到她最爱的歌手，真走运。别人说‘吉’，你就想到‘吉祥’。换成我，会想到‘吉普’‘吉利’‘积木’“急忙”‘及格’‘集合’……好几百个词呢。”

　　“这……”何薇绮有点发蒙，她当时没有想过这个问题，只是顺着武家平的思路一直思考下去，哪里想过中间还存在着诸多逻辑链的缺失。

　　“而且你懂网络科技，还能找到黑客帮忙恢复聊天记录，顺藤摸瓜找到当年的演唱会。”说着，郝宁发出轻蔑的笑声，“你觉得那两个人懂吗？”

　　明知轻蔑的态度不是对她，但是这声笑依然像一根刺，刺入了何薇绮的心脏。她连反驳的勇气都没有，又像回到了幼年时期，被家长训斥的时候。她曾以为这样的场景不会重演，以为再也遇不到这样的人。她垂下头，一声不吭，等待着后面的暴风骤雨。

　　“麻烦你多动动脑子，不要事事都指望我……”突然，郝宁转变了态度，仿佛顷刻间一阵飓风吹散乌云，原本的暴雨变成艳阳高照的大晴天，“算了，我相信你为这篇报道付出了很大努力，只是你选择的方向大错特错。”

何薇绮不解地抬头看着郝宁，心中半是不安，半是感激。

主任指着稿件，手指没有接触到纸张，只是悬在几厘米之上。"这篇稿子从头到尾都是错的，你不要再纠结了。"她怀疑是自己担惊受怕、楚楚可怜的样子触动了郝宁，让他的态度大变，"以我的经验来讲，肯定是李家人发现钱叶在 K 市，所以他们才会找到这儿来。他们的依据既不是什么高科技手段，也不会是十年前。她肯定还活着，他们肯定是掌握了她最近在 K 市的线索，所以才会找到这里来。"说着，他轻轻拍了拍手下的肩膀，然后说，"我建议你最好再和他们聊聊，他们一定还有信息没告诉你。"

何薇绮用力地点头，眼睛里闪烁着泪花。不是委屈，而是感到惭愧，没能及时发现这些不合理之处。上级没有责骂，反而认可她的努力，并且给她指出了修改方向。她想告诉郝宁自己的感激之情，还想询问更多的信息，但被他阻止了。

"好了，你回去好好想想。"郝宁手上加力，在把她向外推。

她连忙捧着稿子出了门。

金主编正在门口踱步，看到她出门，随口问道："你们聊完了？"

何薇绮点点头，不自觉地把稿子抱在胸前，把空白的那一面露在外头。不知道金主编什么时候来的，他会不会听到自己被训斥能力不足？她还记得郝宁告诉过她，本来主编就对自己有偏见，万一被他看见稿子就更难堪了。

不过金主编没有和她搭话，径直推开办公室的门走了进去。

"下次再和女同事谈话，记得把门敞开。"离开之前，她听见金主编说。

她回到自己的座位上，打开最下层抽屉，赶紧把已经作废的文章强塞进去，压在快马汽车事件的稿子上面，使劲关上抽屉。

李宝富和王翠华夫妇就住在 K 市。郝宁帮忙找的房子，地点偏，房间小，但是胜在便宜。为了方便调查，随时过来询问情况，所以才这么安排。房租、生活费什么的，也是郝宁帮忙垫付的。没看出来，郝宁还真是古道热肠。

何薇绮提前打了电话，李叔没有接，又打给王婶，她接了。她解释说丈夫出去玩，大概没听到。何薇绮想，反正就算李叔在，也说不出几句话来，有王婶一个人足够了。于是女记者说马上要过去，再问些关于钱叶的问题。一听说与找人相关，王婶欣然答应。

他们的"新家"，何薇绮还是第一次来。真的不大，只有一间卧室和客厅，家当也只有生活必需品，毫无生活气息，一看就是个临时落脚的地方。何薇绮以为她们会在客厅里谈，没想到王婶直接把她领到了卧室。一进门，王婶一侧身就盘腿坐到床上，完全没有招待她的意思。何薇绮扫视一圈，发现墙角立着把折叠椅，就伸手把折叠椅展开，拿纸巾抹去一层灰尘，硬着头皮坐了上去。

"王婶，你好。钱叶离家出走之后，还有和家里联系吗？"

王翠华的头摇得像拨浪鼓："没有，没有。"

"那和别的亲戚有联络吗？"

"更没有，她联络谁，谁家都会在村里说啊。就算当时没告诉我，一来二去全村都会知道，我也会知道。"何薇绮见识过村子里的情报网，对此深有感触，"当初不是告诉过何记者你了嘛，跟这个妮子——"听着更像"逆子"，"没联系了，谁都不愿意联系她。"末尾带着气哼哼的语调。

"你是听说有人在 K 市见过她吗？"何薇绮继续打听道。

"没听说啊。"王翠华否认，"要是听说了，找那人问不就结了，还找你们干吗？"

王婶真是直言不讳的典范，一点也不在意对话人的感受。"我们只是想多了解点线索。你怎么想到要来 K 市找她？"

"她不是就在这里嘛，"王翠华有点愕然，"所以我们才来这里找的。"

"你怎么发现她在 K 市的？"

"我没发现啊。"

"啊？"这下可把何薇绮搞糊涂了，"你不是刚说她在 K 市吗？"

"对啊，她在嘛。"

女记者觉得自己正在泥浆里打滚，折腾不出什么结果。"王婶，你为什么一口咬定她在 K 市？十年来，你们既没有联系，也没打听到任何线索。是什么原因让你认为她就在这座城市，而不是别处？"

"哎呀，我不是告诉过你我们去派出所报过案吗？"

何薇绮刚要张嘴，犹豫着还是闭上了，生怕自己打断了她的思路，又会让对话陷入车轱辘话的境况里。她心想："派出所没有立案，我已经打听过了，他们什么也没告诉我，也什么都没告诉你。"

"派出所说她没失踪，还出来了个当官的，说什么自愿。"王婶越说越来气，"我们就和他们闹，不给个说法，我们就不走了。最后闹不过，有个小警察偷偷对我说，她在身份证到期之后在 K 市换过证，让我们去那儿找找。我问他 K 市这么远，她怎么可能去那儿，她就连个村子都没出去过。那个小警察死活不告诉我。我们也没法子，找不到她，同样是没饭吃，就死马当活马医，来这里找找。"

什么证会过期，会有在哪里更换过的记录？突然一道灵光闪现在何薇绮的脑海之中。她翻开挎包，找出那张钱叶的身份证复印件，越过有头像的那半页，仔细看着下面那半页。"有效期限2006.04.07—2011.04.07"。她脑子轰的一声爆炸了。她在 K 市更换过身份证，而且是在到期前更换的，说明她至少在之后的那几年里还活着。按照相关规定，零到十六岁办理的身份证，有效期为五年。她大概为了去听演唱会，或者别的目的，提前办理了身份证；等到若干年后，她发现身份证已经到期，所以在异地，也就是 K 市，办理了新身份证。而钱叶的这个举动，把她的最后行踪留了下来。

王婶还在喋喋不休地说着郝主任如何如何，但一个字都没钻入何薇绮的耳朵。她没空理会王婶怎么夸郝宁，那无关紧要。她头昏脑涨地站起来，摇摇晃晃地走出去，和李宝富撞了一个满怀，直到摔倒在地上，在疼痛的刺激下，她的神志才恢复清醒。

"你个挨千刀的，还知道回来。"王婶跨过自己，挥动双臂狠狠击打李叔，"成天就知道瞎搞，乱花钱。出门坐什么出租车？"

没人搭理的何薇绮摸摸头，挣扎着站了起来。

李宝富着重防御自己的身体，似乎也没有在意何薇绮。他慌忙应道："疯婆子，郝主任不是说了，出租车他可以报销……"

"报什么销，还不是自己的钱！"

何薇绮艰难地躲避着战火，抱着脑袋逃出了房间。

何薇绮当然没有忘记给武家平打电话。武家平接起了电话，大概还期待着自己的款项，言语里带着乐观情绪。

"何记者，您好。您的文章写完了？"

写完个屁。"武家平，你查出来的都是什么乱七八糟的，害得我被上级一通臭骂。"她不客气地说，"什么钱叶跳河了，也不知道你怎么翻出来的目击者，骗子，咒人家短命！她还活得好好的呢！"白哭了一晚上，还灌了自己一肚子酒，现在都直犯恶心，"哪里来的寻人的侦探，还专家呢，真不靠谱！"一想起来介绍他来的那个梅律师，她心里就更是恶心，当初见第一面时就觉得姓梅的不可靠，果然他介绍的人也好不到哪里去。

"何记者，您怎么这么说？钱叶的情况不是咱们一起发现的吗？"武家平急切地说道。

甩锅的本领还挺高，本来是他一个人的错，竟然平摊到两个人头上。"亏了我还信过你那狗屁不通的逻辑，被郝宁一眼就看穿了！多亏了领导摁下报道，不然我的脸丢大了，说不定我工作都丢了。"金主编当时就在门口，差一步而已。如果他听到他们俩的对话，就算不提当年的判断，心里也会对自己有看法。武家平啊武家平，真是害人不浅啊。

"不，等一下，何记者……"

他还有什么可以辩解的？是他主导的，找到的线索来自他的网络，证人也是他联系的，得出的结论更是他询问出来的。难道他还想狡辩他没错，还想要钱？门都没有！不找他赔偿就不错了。"钱就别想了，别再来烦我。"

说完这句话，她狠狠地摁下了挂断键。

刚想一个人冷静一下，电话铃又一次响起。

"喂，武家平，我不是告诉你不要烦我了吗！"她恶狠狠地对着话筒吼道。

"呃，何薇绮何记者吗？"那边传来一个陌生的声音。

"对，我是。"她赶忙收起恶意，对电话另一头表示歉意，"对不起，我还以为是……"武家平算什么人呢？

她还在想着，对面自顾自地说了起来："何记者，你好，我是万律师介绍的，做找人业务的。"

她反应了一会儿才明白对方在说什么。"不需要了。"她的态度再次变得冷淡，说完立刻挂断电话，不给对方解释的机会。

这些人都是一副德行：说得天花乱坠，干得稀里糊涂。换一个也好不到哪儿去，得出的结论八九不离十。这帮人都不可靠，还不如靠自己呢。

走到半路，她庆幸武家平是后付款，万一先付，自己就更吃亏了。至少经济上没有损失太多，几百元而已，就当买了个教训吧。

这么一算，顿时轻松许多，她拎起挎包，蹦蹦跳跳地走了起来。

钱叶的行踪又回到了原点。何薇绮拒绝了寻人侦探的帮助，自己也束手无策，调查似乎再次陷入了僵局。她听着上一次拜访钱叶家乡时各关系人描述的录音，想从中找到蛛丝马迹，听了一遍，似乎也没有什么进展。

窝在卧室床上的何薇绮，就算是下了班，满脑子还是工作上的事情。百无聊赖之中，她上网看看关于钱叶的讨论有什么新信息。交流区的发帖数量很庞大，网友们对这个话题很感兴趣，令她很开心。细看内容，却感到一阵恶心。

很多网友毫无来由地在咒骂自己——不是在骂诬告的钱叶或者尸位素餐的警察，甚至不是在骂假定的犯罪者李宝富，而是骂文章的作者，名义上是郝宁，其实就是何薇绮。他们简直疯了。她捏着鼻子看了几条，觉得大多数网友真的符合《乌合之众》里所下的定义——群氓。他们对公平与正义丝毫不关注，眼界只局限在芝麻绿豆大的地方，担心女孩会想不开，或者要媒体有本事找公检法，别找人家小女孩。

幸好网上也不乏有理性的人。她点进了名为"七星"的网友写的长篇大论，阅读这个网友有理有据的分析。第一，七星排除了女孩会自杀的可能性，因为她并不害怕被寻人，如果害怕，早就跳出来反对了。第二，他指出女性被强奸会罹患精神疾病，而她能主动报案，说明她没有患病，因此结论就是她没有被强奸。第三，她背后一定有个高人给她提供支持，不然以她这种小学学历，哪里能想到什么离家出走、报警、害家人坐牢这种高招，能离家出走肯定是有人接应啊。第四，警察肯定为了业绩不择手段，要不然怎么会依靠如此匮乏的证据就定罪，说不定钱叶的继父真是屈打成招的；假如本案有证据，为什么底下只会骂街的正义网友们一条也拿不出来？第五，如果她真的是"无辜"的，为什么会一直当缩头乌龟？这是一个多好的机会啊，借着这个机会站出来告诉大家真相不就结了，多简单的事情啊。可是她不可能做到，所以她就是诬陷。

看完这篇帖子，她的心情才稍微平复一些，总比那些无知又无理，只会咒骂自己的帖子强。可惜这样理性的声音太少，都被埋没在毫无价值的谩骂声中。

这让她回忆起她曾经参与过的"罕见病网络交流区被卖"事件，简直是重蹈覆辙。一旦网络讨论落入怀有特殊目的的骗子之手，有价值的讨论便会一概消失，只剩下对骗子有利的信息。

谁又是这个交流区的引导者，也就是诈骗之王呢？她的职业病犯了，仔细对照网名，连着查了几十页讨论，却并没有发现谁频繁发帖，除了七星一直在不断反击。毫无疑问，骗子是用了很多小号的。只是她思前想后，也没有想到骗子这么做的目的。

算了，不管他们了。何薇绮关上电脑，躺在自己的床上休息。平静下来想想，网友说的也不是全无道理，那条让她直接找公检法的指责，其实正是她的初衷。她写报道本来是想曝光警察的错误，并非剑指钱叶。自己当然想直接找他们，可是他们官官相护，还威胁自己的上司。即使是拥有"第四权"的记者，也不能明目张胆，所以才不得不退而求其次，以钱叶为突破口。

"警察"两个字提醒了她，当时她在 A 村还拜访过派出所，正是那个派出所里的警察给过王婵提示。她仔细回忆那次与所长的谈话。她没有机会录音，只记得大概，但是核心内容她还记得，不立案的重要原因，就是钱叶还好好活着，这是通过警方的系统确认的信息。

她怎么忽略了这么一条重要的信息呢！明明警方告诉过她，钱叶现在还活着。她怎么还会被武家平忽悠，发现了什么目击者，什么自杀之类的。网友不是也分析过？钱叶才不会自杀呢！

这么显而易见的结论，她早该想到。

从这个结论延伸下去，既然钱叶还活着，那必不可少的自然就是钱了，没有钱是不可能在这个社会上生存下去的。钱的来源呢？也许是诱骗她的人在供养她，也许不是。如果不是，那么她就得靠自己工作了。如果有工作，就会有保险，比如医保——甚至没有工作，也可以有社保。

　　之前自己怎么没有想到这条路？既然有身份证，不管更换过多少次，身份证号码是不变的；还有姓名，毕竟变更姓名要回原籍，需要户口本原件和家长同意，这些前提条件都是钱叶不具备的；再加上她的父母得到的消息——钱叶在 K 市。只要能进入 K 市的社保系统，就应该可以查到她的行踪了！

　　社保社保社保……她隐约记得好像有什么人和社保局有关系，她打开手机，翻动电话簿，一一点开姓名，查找备注，翻看许久，也没有找到。没有这样的人吗？为什么自己会有这样的印象？

　　啊，是师兄！毕业前的那顿聚餐，指导老师本意是让师兄师姐介绍一下找工作的经验的，也正是那顿饭，叶遥师兄对她讲述的工作经历，引导她走向了记者这条发掘社会正义的道路。她想起来了，就是那时，叶遥和她顺口提到，他的女朋友在社保局工作。可以请他们帮个忙。

　　现在就打电话。

　　虽然时间有点晚，但是叶遥还是很快接起了电话。听完何薇绮的邀约，他似乎在询问身边女友的意见，很快便回复没问题，只是最近时间比较紧张，他们正在装修新房准备结婚，约定在隔周的周末碰面。何薇绮衷心地祝福了他们，挂断了电话。

　　太棒了！她挥动手臂欢呼。

　　何薇绮期待的日子终于到了。她早早赶到约定的饭店，点好菜肴，等待着未来的夫妻俩入席。叶遥和女友没有失约，很快就到了。

"师兄，嫂子，你们好！"何薇绮站起来迎接他们。

叶遥的女友叫作冯欣，她爽朗地回应了何薇绮。

两个人看上去很般配。何薇绮这么想，也是这么说的。

冯欣很高兴，很快就与何薇绮打成一片，聊得很开心。倒是她们的连接点——叶遥，更像个局外人，沦落为负责给两人斟茶倒水的店小二。

聊天中，女记者提起了自己入行的原因。"我其实非常崇拜叶师兄。他当年顶住巨大压力，甚至以自己的职业生涯为代价，也要发表那篇强拆的内幕文章。我一直以师兄为偶像，这次我找嫂子，其实也是为了找到事件真相。"

她以为冯欣会问及事件详情，然后她就顺理成章地把找钱叶的请求提出来。没想到冯欣乐开了花，转向叶遥："这件事都传成这样了吗？"

叶遥苦笑着回答："不值一提，不值一提。"

冯欣转向何薇绮，依然笑得很开心："哎呀，你听他吹牛，哪有这种事。"

轮到何薇绮有点发蒙："不是这样吗？"

"当然不是了。当时啊，我家在那边有套房子，拆迁费的确不高。"冯欣用手指戳了戳叶遥的脑门，"他说不要着急签协议，他有办法能让拆迁补偿款更高。反正家里也不止这一套房子，就让他折腾吧。然后他就住进去了几天，出来之后写了篇文章。再后来补偿款的确高了不少，我们家就签字了。瞧！"说着，冯欣掏出手机，展示了几张照片，"现在这套房子，就是拿那笔钱买的。你看，挺好的吧？"

何薇绮看着手机，口里应承着，心却凉了半截。一俟冯欣收回手机，她立刻追问："可是叶师兄不是因此丢掉工作的吗？因为这篇文章触怒当局，叶师兄被勒令不能转正，不能再当记者。"

"他本来也没打算当记者，他家里给安排了个实习的机会，就过去试试。"冯欣笑着说，"你看他这个样子，话也不多说，存在感这么弱，哪里是当记者的料啊。"

叶遥在旁边尴尬地陪着笑了笑。

"可是，那篇报道依然很了不起，能够揭开涉黑组织与官吏之间的利益输送渠道，把黑暗揭露到阳光之下，接受人民的监督……很厉害了。"何薇绮不甘心地为叶遥争夺荣耀，仿佛这份荣耀本该属于自己。

叶遥咳嗽了两声，清了清嗓子。"那个啥，这么说吧，其实报道也不是我写的，但是原作者还想继续在这行干，所以犹豫着不敢发。我想反正我也不想干了，就署我的名字吧。当然了，"他急匆匆地辩解，"我也干了不少，最起码选题是我选的，呃，我参加了选题会，并且支持曝光强拆。"声音依然不是很清晰，"师妹，嗯，你之前打电话，好像是说有什么事情要找冯欣来着？你们先聊正事吧，我的事回头聊。"

冯欣大方地点点头。"说得对，别因为你耽搁了小何妹妹的正事。小何妹妹，你找我有什么事情？"

反倒是何薇绮不知道该怎么说了，本想高举大义的旗帜，现在肯定是举不动了。"私事。"她吞吞吐吐地说，"我记得嫂子在社保局工作，想查个朋友的近况。"

"这个嘛……"叶遥和冯欣两人对视了一眼，冯欣为难地说，"不太好吧。"

"就是查一下她在哪儿工作就行，我这儿有她的姓名和身份证号。"何薇绮死死抓住最后一根稻草不放，"以前的网友，嗯，好多年了，现在联系不上了。能找到什么信息都行，我就是想和她再联系联系。"

冯欣犹豫，眼神飘忽不定。

这样下去肯定会被拒绝的。何薇绮知道，错过了这次机会，可能永远也找不到钱叶了。"嫂子，麻烦你。我和这个网友以前关系特别好。我那时还在读书，穷，没什么钱，找她借过钱。她呢，是从小地方来的，刚上班，没想到真借给我了。等我想还她的时候，却发现联系不上了。钱数虽然不多，可是毕竟是借的。我听师兄说你在社保局工作之后，就想到用这个办法找她。实在太感谢。"何薇绮抓住了冯欣的手，双手牢牢握住，哀求道。

"行，行吧，我试试看。"冯欣勉为其难地说，"不过不保证一定能找到啊。"

"我明白，我明白。"她立刻拿起手机，键入钱叶的信息，生怕对方会改主意，"我把她的信息发给你。多谢嫂子！"

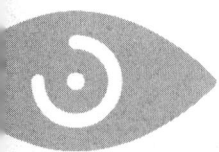

第八章

她提心吊胆，在椅子上坐了一会儿，又忍不住站起来，不停地看手上的号码，叫号机每喊一个号码，她就抬头对一下。离她的号码还远的时候，她很焦急，想快点处理完，免得再受等待之苦；随着号码越来越近，她又紧张起来，担心自己的准备不足，被退回，甚至更糟，被发现。

　　"85号。"

　　轮到她了。她深深地吸口气，走到处理台前，面对着不知名的警察。视线刚接触到他的眼睛，她就不自觉地低下头，不敢看对方，只按照对方的要求，把身份证推了过去。

　　"你叫钱叶？"

　　她沉默地点了点头。

　　"身份证过期了。"

她咽了口唾沫，轻声说："太忙了，没注意。"

对面又传来敲击键盘的声音。"也没有录入过指纹啊。"

什么指纹？她有点害怕，甚至想转身跑掉。

幸好对方很快说："没有也没关系。"

还没等松口气，她又听到对方在说话。

"抬起头，"警察看着她，眼睛在她的脸和身份证之间来回移动，露出了怀疑的神色，"照片里的太年轻了。"

女孩连忙解释："上小学的时候办的，是那时候的照片。现在我长大了。"

警察似乎认可了她的说法，放下了身份证。她以为审核已经结束，没想到对方再次开口："父亲叫什么？"

"啊？"钱叶愣了一下，一时间不知该报出哪个名字。

"户口本上，父亲的名字。"警察重复道。

"哦，李宝富。"钱叶回答道，"母亲叫王翠华。还有个弟弟，叫李威。"她连气都不敢喘，机关枪一样把所有信息都说完了，说完之后甚至更觉得憋得难受。

"行了。"那个民警递给她一张字条，"一周后过来取原件。"

"这就完了？"钱叶抓过字条，谨慎地问道。

"对，你可以走了。"警察挥挥手，示意她可以离开了，"下一个。"

钱叶立刻站起来，转身跑出去。

"怎么样？"一直等在附近的男人一看她出门，立刻迎了上去，急切地问道。

钱叶抬头，对着那个现在已经和她毫无关系的中年男人露出了久违的开心笑容。

再也不会有人找到她了，再也不会有人在她身后指指点点，再也不会有人提及她的过往。她终于可以摆脱过去的一切烦恼。

"没问题了。"她用无法压抑的兴奋口吻回答。

"太好了。"他发自肺腑地说，紧皱着的眉头也舒展开了。

第九章

何薇绮收到了冯欣发来的厂名和人力资源部门的联系电话，速度之快令她始料未及。不敢怠慢，她立刻打通那个电话号码，预约了见面时间。

　　"对，这人是在这里工作过。"人力资源部门的魏林和她同坐在部门的小会议室里。

　　何薇绮激动万分，终于找到了。"她是长这个样子吗？"说着，她掏出了钱叶与父母的合影。

　　魏林没有接照片："不知道，我们不见工人的。再说她已经辞职了。"

　　"什么时候辞职的？"眼看就要追上钱叶的步伐，终究还是差了一点点。

　　魏林翻看了文件说："这个月 16 日。"

算算时间，就是在何薇绮去 A 村实地采访之后没几天工夫，真的太不凑巧了。不只是时间，就连地点也是。前几天她刚送肖敏来过，如今又回到了这家电子加工厂。说起来也不奇怪，毕竟 K 市就这么一家超大型工厂，是当年政府招商引资的重点项目，安置了很多就业人口。

如果当时没有借助武家平，而是先找到冯欣，说不定现在已经遇到钱叶了呢。她越想越难受。武家平真是白白浪费了她许多时间。

"你还有钱叶的资料吗？"何薇绮抛下懊悔情绪，专注于眼前的工作，"比如联系方式啊，家庭住址之类的。"

魏林在厚厚的文件夹里翻找，过一会儿摇摇头。"这里没有了。可能是放错了，我得去别的文件夹里翻翻。"

"没有电子文档吗？"何薇绮看着足足几百页的纸质文件，心口堵住了一般。

"像这种流水线工人，一天进进出出几百个。"魏林的语气中流露出不屑，"还没等你建好档，人都走了。"说着，他扬起头，看了看会议室玻璃墙外的办公室，"就我们几个人，根本搞不过来。"

办公室里也就三四个人吧，每个人的办公桌上都堆叠着如山的资料。

"我们通常找劳务外包单位，他们给我们提供人员，我们统计人数，没错的话就集体办理入职手续。能干满三个月的，我们才给他们上保险；入职前的资料，也是由劳务外包的人转给我们。

他们一般是手写的，我们拿来归档。"魏林一边说，一边指着手上的文件夹。

"你们不查查这些员工的身份信息吗？"何薇绮有点惊讶于管理的松懈程度。

魏林点头表示要查。"干满三个月，会查身份证，因为要上社保。"

"其他的信息呢？学历证？户口本？"

"他们能有什么学历？"魏林好像听到了什么有趣的笑话，"有身份证足够了。"

何薇绮的目标又不是审查企业的管理制度。"钱叶来了多久？"

"社保都交了一年多，应该干过一年半了。"魏林叹了口气，"挺可惜的，干上半年就算熟练工，他们离职挺影响效率的。"

"像她这样干一年多的，很多吗？"

"不算多，很多人干个半年，就会觉得没意思，想换个地方。其实这里算好的了，不但没有拖欠工资，还按时发加班费。"在办公室工作的魏林明显有些瞧不起在生产线上工作的工人，"现在的年轻人啊，真是贪心不足，能咬牙坚持三个月的都少，更别提一年了。"

何薇绮直想翻白眼：你自己才多大啊，装老成。她把俏皮话咽到肚子里，继续发问："那能干满三个月的，能有多少？"

"一半吧。剩下一半抱怨太累，干个三五天就甩手走人了。"魏林耸耸肩，"坐着动动手而已，还嫌累，真是受不了他们，太娇气了。害得我整天在招工，四处拉人头，还不够。"他说着活动了一下颈部，"真是累死了。"

"钱叶解释她为什么要离开了吗？"

"生产线上的工人，又不是技术工程师。今天说走，当天就结工资，还缺干活的人吗？"魏林嘴角上扬，毫不在乎地回答。

一面说招工难，一面对员工离开不闻不问，何薇绮想不明白他们的算盘是怎么打的。"你是否觉得，她的辞职有点突然？"

"厂里一天辞职的有几百号人呢，一个个搞清楚，我们的班就别上了。"魏林虽然只是一介办公室职员，却一副高高在上，踩在生产线工人头上的模样，"我和你讲，他们什么都不懂，和他们说点什么可费劲了，话都说不利索，也就配干干力气活。"明明他也只是窝在狭窄的格子间里，里面散发着空气流通不畅的发霉般的味道，干的同样是毫无技术含量的重复性工作。

后面何薇绮还需要他的帮助，所以她依然在脸上挂着甜美的微笑。"说得是呢。"

魏林还想就自己的业务高谈阔论，不过何薇绮的时间有限，不打算在这里和他继续消耗下去，赶紧打消他的企图。"你帮我找找钱叶的同事，我想从他们那里了解些情况。"

"没问题。"魏林满口答应，"一会儿我去问问，把和她一起干活的人找出来。"

"麻烦你帮忙把钱叶的资料找出来可以吗？"她双手递上自己的名片，"如果找到了，拍个照发给我，谢谢。"

魏林接过名片，满脸自信："放心吧，我会找到的。"

"非常感谢。"她伸手和魏林握握手，转身离开。

一出门，走到没人的地方，她赶紧掏出纸巾，把手擦干净。

在魏林的安排下，她来到钱叶曾经住过的宿舍。每个房间可以住十多个人，只有床和简单的家具，卫生设施在走廊的两侧。她恍惚回到了大学时代，那时以为差劲的宿舍环境，不知比这里强多少倍。

认识钱叶的，只剩下三个人了。三个室友神态各异：看上去二十多岁的段美刚下班，疲惫不堪，硬撑着坐在床边，没说几句直打哈欠；似乎刚成年的宋冬梅从食堂吃过午饭回来，精力充沛，对记者采访充满好奇；实际三十多岁，脸上却写满沧桑的齐红玉，时而分心看手机，时而竖起耳朵聆听，一心不知分出多少种用途。

不知是希望记者赶快离开，还是急于打听八卦，三个人对于客套并不热衷，所以几个人简单聊了几句，便直奔主题。

"你们和钱叶一起住多久了？"

宋冬梅操着一口不标准的南方普通话，何薇绮适应了一下才明白。"几个月啦。对了，她和你们说她叫什么了吗？"口音很重的宋冬梅扫视两个同伴，"她和我说她叫'无名'哪。"

"这不是你告诉我的吗？"段美回应道，"我来得最迟，还是你给我们介绍的呢。"

"她称呼自己'无名'？"何薇绮有点奇怪，钱叶是想说自己没有名字，没有来历吗？

"无名。"宋冬梅在第二个字上加了重音，好像在纠正自己的发音，不过跟前面说的也没有什么不同嘛。

"她说她叫什么就叫什么呗。"齐红玉似乎完成了一局游戏，在等待下一局的空当插进一嘴，"我们又不查户口。"

"她长什么样子？"何薇绮又拿出了那张古早的全家福，摆在宿舍正中的桌子上，指了指那个游离在外的女孩，"是她吗？"

宋冬梅凑过来看了几眼，挠挠头，不自信地问身边的段美："你看像吗？"

"怎么可能会像。"段美斩钉截铁地说，"这照片一看就是十几年前的了，都说女大十八变，就算不十八变，三变五变也总有了吧。更别说女人稍微化化妆，就完全变了个人。"

宋冬梅脸色有些难看，沉下了脸。"你是说我化妆过头了吧？"

经她这么一提醒，何薇绮才发现宋冬梅的脸上真的有厚厚一层化妆品的痕迹。

"我没说你，你少操心了。"段美不耐烦地说，"我就是说，以前的照片不管用。"

何薇绮赶紧打了个圆场。"这照片是老了点。"说着她把照片夹进笔记本里，"你们谁有她的新照片吗？"

"这得问小宋。"段美努努嘴，指向宋冬梅，"小宋最喜欢拍照。"

宋冬梅使劲摇摇头："她不喜欢被拍。"她打开以拍照清晰度高为卖点的廉价手机，点开照片程序，不断用手指拨动。

何薇绮也探头过去看，里面多数是宋冬梅的自拍，角度和表情、动作都趋于一致，连着扫了几十张，仅仅是化妆有区别。

"喏，就是她。"宋冬梅指了指自拍照的角落里的阴影，隐藏在她的大头之下，隐约有一个女孩的身影。

何薇绮接过手机，不断用指头放大，但也只看到一个模糊的身影，看不清容貌和身材。何薇绮勉强看到女孩趴在床上，手里紧紧握着什么，像是一张纸片。"看不清楚啊，还有更清晰的吗？"钱叶手上捏着什么？还会是年幼时追的歌星的照片吗？

宋冬梅拨弄了一会儿，抱歉地回答："没有了。"

何薇绮有些失望。"她是个什么样的人？"以前的钱叶是个有小偷小摸习惯的坏孩子，不知这个毛病是否延续到现在；以前喜欢听音乐，不知现在是否还在追星……钱叶能说的地方大概有几百个吧。

"什么样的人？"宋冬梅困惑地看着天花板，迟迟没有答复。

段美不耐烦地回答："就是个普通人呗，还能是什么人啊。"

女记者不喜欢这个答案。"人和人还是不一样的，每个人都有自己的特点。"

一声冷笑。她转头一看，原来是好久没有说话的齐红玉。"到这个地方的，能是什么人？还不是每天睁眼干活，闭眼睡觉？"她关上手机，抬眼直视何薇绮，"不像你们这些念过书的，我们天天就知道干活，吃饭，再干活，睡觉。抽空能玩会儿手机、化化妆拍个照片，就很开心。我们没有工夫关心别人是什么人，我们连自己是什么人都不知道。"

"这……你们总会一起聊个天吧？聊点女孩子的话题。"就像上大学时的夜晚卧谈会，同学白天也很忙啊，要看书学习、写论文、应付考试；但是到了晚上熄灯之后，大家躺在床上，讲讲老师和同学的八卦，说说自己的理想，聊聊新看的书……天南海北，一直聊到大家睡着为止。

"女孩子的话题没有聊过，"宋冬梅想了想，"她倒是问过我十年前上网是什么样子，我给她讲了网站、论坛、社区什么的……"

"我们哪像你那么闲。我们上班的时间都不一样，你刚回来，她可能刚出门，而且一天干十个小时，回来神经都麻木了，没有闲心聊天。"齐红玉烦躁地回答，"而且她也不是八面玲珑，和我们交往不多。当然了，我们这些人之间也处不来。你有什么问题还是直接问吧，别拐弯抹角的。"

"呃，你们这里丢过钱或东西吗？"

"经常丢，一眼看不见就没了，贵重物品都会藏好的。"宋冬梅认真地解释说，"人多眼杂，而且流动性大，所以很危险的。"

"唉，你没有理解她的意思。"段美扑哧一声笑了，"记者明显是想问，是不是她偷的——打开天窗说亮话吧，不是。我们再瞎，也不至于注意不到这个。"

"啊，对对。无名不会偷东西的。"宋冬梅接着说。

"那钱叶——无名——没事时喜欢干什么？"何薇绮的声音变

得小心谨慎了起来，"她经常听音乐吗？"

还是宋冬梅先做出了回答："她不听，而且我放音乐，她还嫌吵到她看书。嗨，没事就窝在床上，看什么大部头，装文化人。也不出门，难得有一次不上班，还回来特别晚，我笑问她是不是见男朋友了，结果她当场就翻脸。"她顿了顿，似乎在为自己的话辩解，"平时她脾气挺好的，不爱生气。"

"那她有没有和谁联系比较多？"

"没有吧。我看她不怎么打电话——等一下，前一阵倒是电话挺频繁，然后就突然跑掉不干了。"宋冬梅对每个问题都如实回答，和另外两个人形成了鲜明的对比。

"她也该不干了。"段美没好气地补充道，"能撑一年多下来，挺不容易的。干这行，就是要绷紧神经，一天到晚在那里接线头。精神稍微不集中就会错一个，错了就要扣钱，还要挨线长骂。明明只是小小的工头，可是那几个男人总喜欢搞得跟厂长似的，到处炫耀。"

"我看她还挺喜欢这份工作的。"宋冬梅忙不迭地点头，"我挺佩服她的，她几乎没弄错过。"

齐红玉也感慨了一声："是啊，只是干个操作工，她也挺开心的。"

段美打了个哈欠，眼皮也垂了下来。"我不行了，我要先睡了。"说着，她不管周遭情境，躺倒在床上，连工作服都没脱，一头栽进枕头里去见周公了。

"我也该去上工了。"齐红玉收起手机，站了起来。

"多谢各位。"何薇绮见状，赶紧收拾起桌上的东西。

宋冬梅和她恋恋不舍地告别，追问："报纸上会写上我吧？我要给父母也看看。"得到了肯定答复后，她露出了开心的微笑。

何薇绮随着齐红玉一起出了门，在小路上并肩前行。

走到没人的地方，齐红玉冷不丁转头严肃地问何薇绮："你为什么要找她？"

何薇绮一时没反应过来："什么？"

"抓她回家结婚？求她给弟弟买房？孩子哭着找妈妈？"齐红玉死死地盯着记者，声音很不客气。

这就是齐红玉一直敌视自己的原因吗？以为找到钱叶，就是为了拉她回去让人吸血？不会，我不会这么做。"为了公平和正义。"她语气坚定地回答。

齐红玉的面部表情松弛了下来，似乎认可这个答案，放下了心防。"那就好。"她皱起了眉头，长叹一口气，"她肯定吃了很多苦，我感觉她像是在害怕什么。"

"害怕？"

"我甚至感觉她干得好，就是因为她不愿意和线长搭话。"

"她在害怕什么？"

齐红玉斟酌了几秒钟，犹豫着回答："男人吧，我猜。"

何薇绮似乎明白了，这也许和钱叶的过往有关，那还是她在未成年时的遭遇。何薇绮咬住牙，没有开口。不管是何薇绮，还是钱叶，都不可能把这件事告诉她们。

两个人又沉默地走了一段距离，快到分手的路口，齐红玉又说道："她有时会自言自语。"

"哦？说些什么？"何薇绮好奇地问。

"'谢谢你''你救了我'之类的。"齐红玉仔细回想着，"我印象里，她特别看重一张纸片，每次都对着那张纸片念叨。"

何薇绮想起了出现在宋冬梅照片背景里的钱叶，当时她似乎正捏着类似的东西。"什么纸片？"

"我只看到过一次。"齐红玉仿佛深陷回忆之中，"她人挺安静的，可是那一次她大闹了好一阵。我看她一直捏着纸片，很宝贝的样子，于是搞了个恶作剧，偷偷从她手上抢了过来。"齐红玉的脸上浮现出怪异的神情，"我以为会是情书之类的小女生最爱的东西，可是抢到手一看，不过是一张门票。"

何薇绮突然浑身发冷，汗毛都竖了起来。不可能，这应该是武家平胡编的。她努力压抑着内心的颤抖问道："是什么样的门票？"

"好像是一场演唱会的。是谁的我还没来得及看清楚，就被抢了回去。"齐红玉叹了口气，"然后她就像发了疯一样。我就记得上面写了'永远爱凯凯'什么的。"

何薇绮跑回刚刚拜访过的钱叶的宿舍楼下，她早该发现这一点！那幢宿舍楼的门口正对着草坪。几天前的夜晚，她刚刚送自称钱叶的网友——肖敏——回到这里。

她气喘吁吁地回到魏林的办公室，拜托对方再查名为"肖敏"的信息。通过系统查到，在这座工厂里正在工作或者已经离开的"肖敏"，要么太老，要么性别对不上。

那个提供了关键情报的少女，明明是她亲自送回这里的，此时此刻却毫无踪迹。

武家平告诉何薇绮的所有信息都是编造的。他不可能通过歌星的名字发现论坛，也不会找到钱叶的网友，更不应该有人眼见钱叶死亡。

因为钱叶还活着。

何薇绮已经找到大量证据证实这一点，甚至从钱叶的室友那里得到她的电话号码——虽然拨过去之后，只听到"您所拨打的用户已关机"的提示音。但这的确是钱叶的手机号码，何薇绮通过给号码缴费的方式，验证过机主的姓名。

而这个人几天前还活跃在三个室友面前，不，远远不止，整条流水线上的同事也是见证人。警方的系统里，也有她存在的证据。

钱叶理所当然还活着。

如果不是齐红玉最后提到那张门票，何薇绮应该已经进入写作的过程。只是有了这道障碍，她开始不知所措。

"很简单，把它去掉就好了。"郝宁满不在乎地说。

"可是……"

郝宁想打消她的疑虑。"你钻进牛角尖了，Viki，这两件事并不矛盾。"

他牢记金主编的提醒，何薇绮进门之后，特意让她不要关上办公室的门，而是留道缝隙。这道缝隙彻底削弱了他们的亲密感，郝宁没像以前那样坐在她身边的椅子上，而是与她相对而坐，中间隔着办公桌。桌面收拾得很整齐，几乎没有杂物，和何薇绮乱糟糟的桌面形成鲜明对比。郝宁双手交叉，胳膊架在桌子上，脸上一如既往地挂着微笑。

"明显是矛盾的。"何薇绮嘟囔着。

郝宁摇摇头。"你一直到找到那个叫肖敏的网友之前，都没有错。"主任边说边笑了，"顺便提一句，你的朋友电脑水平很高，能够从过去的电子数据中找到这么细微的线索。"

何薇绮隐藏了武家平的存在，她的本意是不想在文章里提到这个游走在黑白之间的边缘行业，担心会影响到报道的发表，所以武家平的大部分想法都过渡到了自己名下，而必须请外援的地方，则含糊地以朋友相称。因此，在郝宁看到的那篇被废弃的文章里，是何薇绮发现的钱叶的追星对象是祥凯，并意识到可以从过去的论坛找到线索，为此特意邀请朋友在赛博空间中寻找证据。

"是啊，他很厉害的。"何薇绮含糊地应道，然后迅速岔开话题，"那后面我错在哪里了？"

郝宁的表情活像是吃到了金丝雀的猫。"你心里非常清楚。"

"我吗？"何薇绮吃了一惊，事实上她自己并不知道。

"你的思维固定了，你以为这些都是你自己发现的线索，沿着线索一步步找寻下来，得到的就是正确的结论。然而事实并非如此。"郝宁循循善诱道。

"你是说，她骗了我，对吗？"

"是的。"

肖敏为什么要骗她？何薇绮之前也未曾找到答案，对方不求名不求利，所做的一切仅仅是为了愚弄自己吗？

"当然不只是她一个人，"郝宁用手轻轻点点自己的太阳穴，"动动脑子，Viki。"

还有谁？难道是武家平？他意识到自己找不到钱叶了，所以拉上外行的演员，在她面前演了一场自杀大戏，诉求是让她赶快付全款？

何薇绮突然明白过来谁是这一切的幕后黑手。她长出了一口气，缓缓说出那个名字。"是钱叶。"后面的故事突然通顺了，"因为钱叶不想被找到啊。当年她和肖敏是好朋友，肖敏帮助钱叶在K市生活下来。十年后，肖敏突然接到电话，得知有人在找钱叶。她肯定第一时间告诉自己的闺密，而钱叶知道自己铸下大错，不想被曝光，于是她们两个想出一个非常简单的方法——"什么自杀、跳河，全都是假的，"诈死。肖敏出马，在我面前大肆渲染了一番钱叶自杀的故事，我误以为发现真相，就此放弃追踪，这样始作俑者就可以安然地逃出生天。"一种醍醐灌顶的感觉，脑中的思路突然开阔起来，"难怪肖敏非常着急要和我们见面，同时要求在文章中不留名，也不许录音；她到电子加工厂附近，担心被跟踪，所以迟迟不动，应该是要去找钱叶庆祝欺骗成功；她用来当证据的那张票根是真的，说不定就是被钱叶当成宝贝的那张呢。可是……"说着她卡了壳，"等一下，有点不对劲。嗯，为什么钱叶会辞职？她们不是已经骗过我了吗？"

"这正说明她们有勾结。在你采访肖敏之后，钱叶立即辞职。这说明她们非常警惕，一有风吹草动，意识到风险迫近，就迅速离开。反正这样的工作，随处可以找到。"

"也是。"可惜自己的调查行动打草惊蛇，让钱叶有了准备时间，可以从容离开。何薇绮不清楚她会去往何处，但是可以肯定，她一定会逃到 K 市之外。她远离了 K 市，何薇绮各种熟人构成的关系网，不知道还能不能发挥作用了。

换句话说，还能不能找到钱叶的行踪？

"可是现在钱叶消失了，没有留下线索。"

"不，留下了很多。"

"电话也停机了，人也跑了……"看到郝宁如此乐观，她咽下了后半句。

"可是肖敏还在。"郝宁笑得更开心了，"你有她的联系方式，不是吗？你现在有了两个目标，一个是钱叶，另一个是肖敏。无论抓住她们之中的哪一个，另一个也会'落网'。"

话倒是没错，只是有个小问题——肖敏的联系方式在武家平手上。而她刚刚痛骂过武家平一番，把关系搞僵了。再等等，至少等他气消了，再找他要比较好。

"没关系，你已经做得非常好了。"郝宁满意地夸奖她，"距离成功只有一步之遥。加油，Viki，我也会帮忙的。"

于是在这次的稿件里，她只写到追查到钱叶最后的行踪在 K 市郊外的电子加工厂，以及各方人士对钱叶的评价。因为篇幅，何薇绮没有提及肖敏和票根，也没有提到武家平和他的黑客团队；为了人物的完整性，她剪裁了采访内容，排除了部分矛盾的情形。最终展示在读者面前的，依然是一个阴晴不定、有着诸多缺点、恐惧与孤独交织、一直没有长大的小女孩。

按照惯例，郝宁帮的忙只是把题目修改成一个长句——《消失女孩的命运是成为厂妹，害苦家人却换得孤苦人生，父母哀求她回头是岸，不要漂泊四海祸及他人》。

以及作者是郝宁，"何薇绮"三个字仍然只出现在"协助者"里。

主任解释说，她作为全程参与的人员也看到了，虽然有了重大发现，但是也有巨大的纰漏。署名不单单是荣誉，更是责任。如果将来这篇报道出了问题，让她来承担责任，是他不愿意看到的。所以他才没有署上她的名字，一旦有问题，责任都是他一个人的。

主编也不希望署何薇绮的名字，因为对她一直有看法。不过，郝宁保证下一次一定会让她出现在并列作者的位置上。

郝宁没有兑现诺言。

因为他已经失去机会兑现任何诺言。

独立办公室的直属上司连续几天不出现，大家都习以为常，没有当回事。这个月的刊物已经上架销售，大家得到几天的喘息时间，从下印厂前的紧张忙碌中解脱出来。这期间，亟须请示领导的事情相对较少，外加郝宁以前也经常有不在办公室的先例，他的消失没有引起大家的怀疑。

直到郝宁的邻居忍受不了剧烈的臭味报了警，警察逐一排查才发现，他已经成了一具尸体。根据尸体被发现时的状态推测，他应该是死于四天前，也就是 8 月 8 日。死因是被刺了几刀，其中一刀正中要害，登时丧命。从案发的地点，也就是郝宁家的客厅来看，凶手是怀着杀意而来，与郝宁的交流主要围绕在大门附近展开，应该交流不多，并且没有被邀请进屋。也就是说，郝宁刚开门不久，凶手就痛下杀手，随后在屋子里翻找，也许是真的在找，也许只是故布疑阵，总之屋子被翻乱了，具体少了什么，还需要另一位屋主进行判断。凶手完成了这些步骤后，迅速离开。该社区没有装备监控系统，因此凶手的行踪尚不明朗。

这些情况，何薇绮都是听警察说的。听这些描述的时候，她并非作为记者对警察进行案件采访，而是作为关系人受到了警察的讯问。

她之所以被卷进来，是因为她以为郝宁的住址尽人皆知，事实上并非如此。

郝宁入职时填过家庭住址，但是时间已久，他早已搬离原址；填表只是形式，没有人具体核实。其他同事和郝宁见面，除了在工作地点，皆是在出差、聚餐、团建等场合，从没有去家里拜访过，顶多知道在哪个小区。

警方因此向她多询问了些情况。坐在讯问室的椅子上，面对板着脸的警察，对方还未开口，忐忑不安的何薇绮就恨不得像倒豆子一般，把知道的情况都说出来：他经常消失几天，大家见怪不怪；他和她调查过的、正在进行的、将要进行的报道，他曾经异想天开的方案，他对她的安抚和激励，他答应她的署名位置；她完全不知道这几天他干了什么；他没有和她联系过……还有他和她的婚外情。

不知为什么，郝宁家的那套房子留给何薇绮的所有印象，竟然只剩下客厅里的那张结婚照。这让何薇绮想起，他的承诺再也兑现不了了。除了署名，还有取下那张合影，以及遥不可及的离婚。当然，从一开始，何薇绮就不认为他真的会这么做。郝宁是她的导师、智囊、领路人和庇护者，她对他的感情里充满了崇拜、敬重、爱……

是爱，对吧？

何薇绮始终觉得结婚照上的郝宁，远远比她见到的那个郝宁要精神蓬勃、意气风发。她想起了郝宁慷慨激昂的演说，那时的他和照片上的气质更接近；而不是那个听到外面敲门声就心生恐惧的郝宁——

凶手是怎么进来的?

何薇绮把郝宁的惊惧告诉了警察。他写过很多揭露社会阴暗面的报道,深知得罪过很多人,他绝对不会随便给陌生人开门。她已经见识过,就算是外送员,也只能把东西放在门口,而他确定安全后才会开门。凶手能够顺利进入房门,一定是熟悉的人,可以让郝宁放心打开门。

对面的两个警察只是简单对视,再次面对何薇绮时依然是扑克脸,谈话的节奏还在他们的掌控中。关于这一段关键信息,她不知道自己的话是否真的传进了他们的耳朵里。

冷风拍在脸上,她才意识到自己离开了警察局,正徘徊在马路上。她什么时候出来的?这是哪里?她正在干什么?无助的何薇绮不知该去哪里,她想到的唯一能让她感到自在的地方,只有《声援》的办公室。

走进办公室,一向热闹的空间现在变得异常冷清。大家只是探头看了她一眼,就又缩回了自己的小格子,假装外面无事发生。

何薇绮窝进自己的椅子里,脚碰到了抽屉,本来就合不严实的最下层立刻崩开,有几页稿子飞了出来。她懒得弯腰,无力地看着那一页页散落的废纸。那是她的稿件,关于如何发现钱叶已经死亡的。时间倒退到那个时候,郝宁还活着。

仅仅几天工夫,两个人的命运却发生扭转:钱叶还活着,他却死了。

她暴躁地踢开了那几页纸，想把它们踢到看不见的地方，随便哪里，眼不见心不烦。可是越是加力，纸就越像粘在地上一样，纹丝不动。何薇绮忍无可忍，重重地踩上了几脚，在上面留下了数不清的尘土印记。心中的怒气还没有消解，她终于肯弯下腰，抓起废纸，把它们狠狠地揉成团，使尽全力塞进垃圾桶里。垃圾桶已经满了，它们又弹了出来。这一下终于引起了她的大爆发，她狠狠地踢了垃圾桶几脚，捏扁了罪魁祸首的废纸团，丢到了一旁。脚下一地废纸，没有心思管它们。

闹出了这么大动静，整个办公室里竟然没有一个人来过问，甚至连呼吸声都停止了。

何薇绮觉得自己再待下去情绪一定会崩溃，于是赶在爆发前一秒飞奔出办公室，躲进洗手间隔间，锁上门，坐在马桶上，脸埋在手里，号啕大哭，释放心中的痛苦。

不知哭了多久，仿佛身上的水都从眼角流了出去。她心里空落落的，更加迷茫。她想擦擦脸，手边只有厕所的手纸，别无选择余地，只好用手纸抹去泪水、鼻涕和口水。走出隔间，对着镜子，她看到了一张布满泪痕、妆容凌乱、毫无生气的脸。

"这是我的脸吗？"

她用水反复清洗，确认脸洗干净了，才走出洗手间的大门。

主编正陪着一个女人从他的办公室里出来。她低着头，假装没看见，想从旁边闪过。

没想到主编叫住了她。"小何。"

她光是抬起头就耗尽了全身力气。"金主编。"

"这位是郝主任的下属，何薇绮。"金主编向那个女人介绍道，然后他转向了自己，"这位是郝主任的妻子，郭月洁。"

"谢谢您在工作上的照顾。"郝宁的妻子语调里带着哀伤。

何薇绮也回应道："请您节哀。"

"麻烦你带郝主任的妻子去他的办公室，帮忙收拾一下。"说着，金主编抬胳膊看了看手表，"我有点事，去去就回。"

何薇绮漠然点头，转向郭月洁。"您跟我来。"

她们两个在郝宁的办公室里整理他的遗物。何薇绮本想把思绪投入无意义的体力劳动，可是他的办公室整洁有序，东西按照类目摆放，一目了然，整理起来很容易，没多久就处理完大半，甚至连汗都没出几滴。这反而让她有些不满，心中的怒气没能排解。

旁边的郭月洁却总是用手撑起腰，有时还喘粗气，简单的工作令她劳累不堪。

"您歇一会儿吧！"何薇绮搀扶着郭月洁，让她坐在办公桌正对的椅子上——这是自己经常坐的位置，和郝宁讨论研究下一步工作时，他就坐在自己对面，面带微笑，凝视自己……

她害怕情绪再次失控，连忙转向郭月洁。"后面我来吧，您多休息。"

"对不起，何记者。"郭月洁坐下，用手抚摸肚皮，低头看着肚子，抱歉地说。那个位置没有隆起的迹象，看上去怀孕应该还没多久。"我怀孕了，总会觉得累。不好意思，麻烦您了。"

"恭喜"两个字刚要脱口而出，何薇绮猛然意识到现在不是说这句话的时候，连忙把发出的半个音吞掉。"没关系，放着我来。"

郭月洁露出感激的笑容。"一怀孕，就特别容易困，有时干着干着活，就打起盹，自己都注意不到。还容易饿，总是吃不饱，零食不离手。"她的手又在抚摸肚皮。

"您辛苦了。"何薇绮轻轻地说，"您不舒服，就坐一会儿，剩下的交给我吧。"

郭月洁坐在了何薇绮经常坐的位置上。"真是谢谢您。我一直在外地工作，和郝宁也是聚少离多。他有时会跑过来看我，一来就是好几天。我经常听见他的电话响，我说接听没关系，他总说陪我，不接。耽误你们工作了，实在不好意思。"郭月洁长叹一声。

何薇绮想起了自己拨打郝宁手机时，耳边响起的漫长铃声，以及急着找他时，消失不见的踪影。她现在终于知道他的去向了，不是他说的秘密跟踪，而是在外陪老婆。"郝主任真是好丈夫。"她还能说什么呢？"郝主任在工作上也很认真、努力，他也很聪明……"

"呵。好。"郭月洁不是在笑，更像是在讥讽。

她不敢搭话，注意到郝主任妻子的眼睛正死死盯着自己，直盯得自己心里发毛，担心对方发现自己与郝宁的关系。仔细看，却发现郭月洁眼神涣散，原来并非在盯着什么，而是陷入了沉思。

"那是因为他出轨被抓住，被我家里吓得服服帖帖的。我被外派之后，他竟然把人带回家，快递小哥送货上门，他开门时被小哥看到了。那个小哥和我熟悉，偷偷告诉我说，姐，您不在家吧？家里怎么进了个女人，穿得还挺清凉。"语气从嘲笑变成了愤怒，"我一听就火了，立刻给家里打电话。他趁着我不在就搞七捻三，我家里人狠狠揍了他一顿。"

"呃……"何薇绮惊讶得说不出话来。写文章得罪了黑恶势力，有人上门威胁……原来都是假的。害怕敲门声，不愿意给陌生人开门，都是为了避开妻子的眼线。

她的脑海里呈现出一幅画面……

敲门声响起。

郝宁听见门响，小心谨慎地凑到门前，透过猫眼看到的是他的妻子。他松了口气，放心打开门，脸上露出高兴的神色，伸出双臂拥抱郭月洁。突然，他的面部变得痛苦，一阵疼痛袭来，迫使他后退了两步，低头看到腹部一片殷红。

"你……"郝宁看到了郭月洁手上握着的正在滴血的刀，心智大乱。

郭月洁一声不吭，连续刺了几刀。

郝宁倒在地上，浑身是血，不断抽搐，两眼圆睁，嘴角也流出鲜血。

凶手转身离开。

躺在房间里的他吐不出一个字，只能任血流淌，慢慢步入死亡。

"您没事吧？"

郭月洁的声音打断了何薇绮的幻想，她再次回到现实中。"我……我没事。"

"我说的吓着您了吗？"在她的视线里，郭月洁的脸似乎依然有狰狞的痕迹。

何薇绮连忙摇头。"对不起，我走神了。"

"虽然郝宁不是十全十美，"郭月洁幽幽地说，"可是我也不愿意看到他这样离开……"每说一个字，都好像承受了莫大的痛苦。

她的悲伤态度怎么看也不像是刚刚冷血杀死丈夫的人。

"我把钥匙给我父母了，让他们过去，我说要去办公室收拾他的东西。其实我不想再回家了，我不忍心回到郝宁死去的家……"她说着，腰弯了下去，痛哭不已。

何薇绮坐到并排的椅子上，这是郝宁曾经坐过的位置，他抱住她的身体，抚摸她的背部。是啊，郭月洁有钥匙，干吗费劲敲门？自己的胡思乱想越来越没有逻辑。身前的那副躯体不停抽搐，哭泣声时大时小。何薇绮唯一能做的就是闭上嘴，保持这样的姿势。

等到金主编回来的时候，郝宁的物品也收拾差不多了。郭月洁脸上还有痛哭过的痕迹，金主编假装看不见，安慰她，说有什么事随时和他联系，将她送出编辑部。何薇绮也跟在后面，和逝者之妻挥手告别。

等郭月洁走远，金主编阻止了想要回到自己的位置上的何薇绮，示意她来他的办公室。

"主编，您找我有什么事？"虽然没有明说，但是她心里明白，自己在《声援》的日子进入了倒计时。郝宁在的话，还能为自己争取到利益；现在他离开了，自己显然成了主编的眼中钉。

果不其然，金主编和她聊起了手上的工作，以及未来想要开展的业务方向。这当然是要做工作交接了。何薇绮想：我问心无愧。把手上的业务和盘托出，就算转交出去，也希望未来接手的人员能够继续调查下去。毕竟自己的目标是匡扶社会正义，只要有人实现就好了，哪怕这个人不是自己。

想着想着，她不禁暗暗落泪。可惜没能走到最后，她还有很多事件想要调查，还有不少没来得及拜访的人，还有大量的文章未及写出……

"后面辛苦你了。"金主编察觉到她的情绪，叹了口气。

她默默地点点头。自己的记者生涯不会就此罢休的，她还可以去别的杂志社、报社……只要能继续写作，她就不会轻易放弃。

"以前都是郝宁带着你做的，现在他不在了……我知道失去郝宁你很难受，可是下面要全靠你自己了。"

"我明白，我这就……"什么？"全靠我"是什么意思？

"太突然了，我们还找不到合适的人接替他的位置，下面有一段时间，没有人能带着你。"金主编继续说，"大家的工作也很忙，可能暂时腾不出手来。希望你能暂时独立完成手上的工作，如果有需要，你可以随时来找我，我尽量安排同事协助你。"

他的意思是让她继续工作，而且是独立完成？她感到有些困惑，是不是因为自己太过悲伤，理解出了问题？"交给我，没有问题吗？"

"郝宁和我说过，他觉得你的能力还有些欠缺，还需要锤炼，但是现在是特殊时期……"

等等！"不是郝宁觉得我不行，是你——您，觉得我不行。您当初就不想要我，想招那个男的。"何薇绮不客气地打断了主编的话，泼脏水泼到死者头上，欺负他不会说话吗？

"是的，我当时是这么想的，但是原因不是你想的那样。"金主编的神情有点难堪，"当时是为了给郝宁手下招个人，之前那个人辞职了……呃，这么说吧，之前你的位置，也是个年轻女孩。嗯，她提出郝宁对她有……呃，你知道的，那种不太恰当的，呃，言辞。我不希望再发生类似情况，所以郝宁手底下的那个人吧，最好是个男的……当时你们俩都很优秀，我没法取舍。既然是给他招的，最后还是以他的意见为准了，我的意见保留。但是你的能力很强，这一点我从一开始就非常认可。那个，他没对你怎么样，对吧？"

"可是……如果是郝宁的问题，不是应该让他走才对吗？"

"我们还没开始调查，她就辞职了。可能是怕有风言风语，对她找工作有影响。"金主编不安地抽出纸巾，抹了抹头上冒出的汗，

"我当时咨询了律师，他觉得没有调查，解雇郝宁的理由便不充分。"何薇绮这下明白万律师——律所的合伙人——是如何与杂志社的主编相识的了。"而且郝宁很能拉广告。你知道，像咱们这样的杂志社，绝大部分经费还是靠广告。"

是的，她当然知道郝宁是如何拉广告的：靠的是压下稿子不发，靠的是隐瞒真相，靠的是强词夺理。

突然，她发现自己不认识郝宁了。

第十章

钱叶看到《声援》杂志的文章，大惊失色。他们居然找到了那里？她在那里过得很快乐，她每天只需要考虑上班下班就够了，别的事情都不用想。在轰鸣的机器声中，震耳欲聋的噪声让她的大脑麻木，视线所及只有手头的电子元件，没有人问东问西……也许这是她这辈子最快乐的时光。

　　快乐的时光总会结束。她恋恋不舍，却仍然当机立断地从电子加工厂辞职，和所有人切断联系，停用手机号码，以为能够逃脱追踪。可是他们还是找到了。只要找到电子加工厂，她的一切就将大白于天下。因为她当年留下了信息，他们早晚会找到。她填写入职资料时，完全没有想到一年半后会遇到这样的情形，所以填写的信息都是真实的。

　　谁能想到情况会变成这样。

十年前，他们逃到 K 市，以为自己的所有过往都会消失，她可以开始新的生活。可那只是幻想。她报出名字，耳边只有哄笑声。"就是她啊。""和老师搞在一起。""长得就骚。""这次要勾引谁?"声音不大不小，恰好可以传进她的耳朵里。她捂住耳朵，哭着夺门而出。

她窝在墙角里，双手抱膝，脑袋埋在大腿上。我再也不想出门了。

明明不是我的错，为什么所有人都在针对我?

不是我的错。班主任说："一个巴掌拍不响。"

不是我的错。老师的配偶说："他们家那口子可老实了，绝对不可能先下手。"

不是我的错。校长说："算了，你别闹了，传出去对你的名声也不好。"

不是我的错。

"不是你的错。"他说，"我们可以开始新生活。"

看着他的手，她看到了希望。

钱叶从此刻获得了新生。

可是谁能想到，十年后她——钱叶面临的困境是她以前遇到的几十倍几百倍? 钱叶不能被找到，否则一切就完了。可是钱叶被找到是迟早的事。

她完蛋了。她没有办法再逃。这里正是她的命门所在，既是她重生的开始，又是她的枷锁，她只能留在此地，寸步不离。很快所有人都会知道钱叶是谁，她无处可逃。

不是我的错。她能想到的解脱方式只有一种。

钱叶把头伸进绳套里。

不是我的错。

钱叶踢翻椅子，立刻感到要窒息了，两腿无助地乱蹬，双手扒住绳子，想给脖子拉开一条空隙，让空气流进身体，但是这完全是徒劳的。她的体力越来越弱，挣扎的幅度渐渐变小，直至彻底消失。眼前发黑，脑中一片空白。

她只剩下一句道歉，想对那位和钱叶没有任何血缘关系的父亲说。他为自己付出这么多，甚至背负罪行，最后自己还是辜负了他。

对不起，我想活下去。可是我没法活下去。

第十一章

站在她左边的郝宁，博闻强记，总能想出奇妙的解决办法，了解读者的需求，慷慨激昂；站在她右边的郝宁，婚内出轨，胆小怕事，对下属进行性骚扰，谎话连篇。她分不清哪个才是她认识的那个郝宁。只要站得稍微远一点，她就会发现这两个人合二为一。他既聪明，又无耻，这不矛盾。

　　她早该知道。或者说，她早就知道，却一直不愿承认。郝宁的行为并不高明：比如他高谈阔论却从不参与实操，比如他承诺已久要取下结婚照却并未兑现，比如他夺取她的报道却嫁祸给主编……只是她的眼神，始终聚焦于他光彩夺目的那一面，主动忽略掉他阴暗失德的那面。

　　如果郝宁没有遭遇突如其来的死亡，也许何薇绮一辈子都认不清他的真面目。

手机铃声响起，这个时候她不想接听任何人的电话，可是拿起手机一看，来电的是王翠华。她这才意识到，他们两个人还不知道郝宁的厄运。她连忙接起电话。

"喂，何记者，你们是怎么回事？"那边传来不满的指责声，"郝主任一直不接电话，这房租也该交了，生活费也该给了，怎么连个影都没有啊？你们可别想赖账，我们……"

"郝宁死了。"何薇绮仿佛丧失了全部的力气，手机足有千斤重。

"就算是死了，也得把钱送来！"王婶理直气壮地说，"他答应的事不能就算了，少一分都不行。"

"郝宁死了，死了！"怒气冲天的她吼道，"郝宁昨天，不，是前天，被人在家里刺死了。他真的已经死了，不是骗你们，不信你们去问警察好了。"

女记者的气势完全压倒了王翠华，电话那头的声音变得细小而委屈。"那我们怎么办？我们可怎么办啊？谁管我们的吃住？我们饿死了怎么办？"李宝富的声音插了进来。"怎么了，疯婆子？他们什么时候打钱？""他死了，姓郝的让人宰了。""不可能，她骗你呢。""真死了。咱们可怎么办啊？这没人给钱，咱们得回家了吧……""老子还不能走，我还得再玩一次。""你还玩，咱们连饭都没的吃了……"

电话那头的两个人在不停争吵，何薇绮觉得她插不上嘴，等他们吵完了再联系自己也不迟，于是她挂断了电话。

眼前出现了无数个郝宁，仿佛分裂成了许多碎片，每一片都是他，每一片又不是他。她闭上眼，可是那些碎片还在。

手机铃声再次响起，已经是好几个小时以后了。何薇绮从半睡半醒中挣扎起来，接通电话。

她还未及开口，话筒里就传来了凄惨的哭喊声："何记者，你快点过来吧，你李叔不行了……"

心急火燎地赶到了车祸现场，何薇绮发现来迟了。李宝富的尸体已经被运走了，现场只剩下王翠华，还有制造事故的出租车。

扫了一眼现场，她心头一震。不知是直觉还是预感，何薇绮凑上去的时候，鬼使神差地先看了一眼品牌。没错，果然是快马汽车。

这里的惨状和她遇到的有过之而无不及，而那次没有出现人员伤亡。出问题的位置甚至都没有变化，依然是前轮的连接轴断裂，导致行进中右侧的轮胎脱离车体，车辆失控，撞到了路边的护栏上。司机因为佩戴安全带，只受到皮外伤，生命没有大碍；坐在副驾驶的李宝富则在剧烈的撞击中碰伤了头部，没等到救护车赶来就过世了。飞出的轮胎径直前行，击中路边一名行人的头部，导致其当场不治身亡。

何薇绮看到地上的鲜血和机械零件，脑中一片空白。这一切本来是可以避免的：她发现了快马汽车的问题所在，找到专家解读，最终汇总成为调查稿件……可是这篇报道在刊发前一刻被毙掉了，而且是在郝宁明知问题存在的情况下被毙掉的。这就是郝宁追求的社会正义吗？这可是两条人命啊！快马汽车的那两个管理层人员，完全清楚生产上出现了什么问题，可是他们想到的，只是掏出一笔钱把所有知情人的嘴堵上，压根没有想过要改进。只要平息近在咫尺的乱子，就心安理得地继续排产销售赚钱，就以为事故不会再发生，就两眼一闭，万事大吉了。

如果不是旁边的哭喊声，她不知要在这里等到何时。她回过头，看到了坐在角落里的王翠华，赶紧凑到跟前，也席地而坐，靠在王婶身边。

还没等何薇绮开口，王婶先哭天抹泪地咒骂起来。"这老不死的，"然而李叔已经死了，"一把年纪了，还非要玩玩玩。玩女人就玩女人吧，非坐什么车啊，郝宁都死了，他不给报销了啊！你这个挨千刀的，非得自己找死啊……"

原来她说的"玩"是"嫖娼"的意思啊。经历了一系列的死亡和人设崩塌，此刻的何薇绮已经神经麻木，她感觉不到震惊或难以接受，无论发生什么事情，在她看来都是顺理成章的。

"李宝富你个王八蛋，留下我一个人可怎么活啊。"身边的王婶还在哭泣着，何薇绮内心却毫无波澜，"你这一死，就算找到了钱叶，又有什么用处啊。你死了，谁还会赔钱啊！"

李叔的价值原来只有这些啊。的确，现在就算找到了钱叶，就算她真的翻供，他们也无法获得国家赔偿，毕竟被误判的当事人都已经升天了。

"姓郝的不都说了，马上就能找到那个小婊子，她那么爱钱，连跟男人睡觉都要钱，到时分她一笔，让她咬死没这事，不就能让国家赔咱们钱嘛！姓郝的又死了，还能少分一份，多好的事，你怎么就先走了呢！"

难怪郝宁这么上心，硬生生从主编手上要来报道，热心追查钱叶下落，还替李家夫妇租房，供养他们生活，报销嫖资，原来他是看到了话题的"钱景"，将来会从赔偿金里抽成啊。好一位"一鱼两吃"的行家。

"现在我可怎么活啊！没地方住，又没饭吃，也没有赔偿！"王婶每说一个分句，都偷偷向何薇绮这边瞟一眼，似乎在等待回应。

何薇绮总算明白了，曾经的同情渐渐散去，她心想："她该不会是以为我也在其中分了一杯羹，才会这么热心地寻找钱叶吧？刚才把我叫到事故现场，一直留在这儿，不随尸体离开，大概是出于同样的目的。"一旦看穿了她的企图，那些悲伤痛苦和眼泪全变成了外行演员的蹩脚演出。她一句话没说，利落地站了起来，向远处走去。

"我可怎么办啊！"一开始的陈述句，随着何薇绮越走越远，渐渐变成疑问句，"我可怎么办？我怎么办？啊？"

何薇绮心想，原来从始至终，他们都只是为了钱，为了自己的私利。他们所说的，不管是关于孩子的，还是关于警方的，都是造谣。

何薇绮好像踢到了什么，她低头捡了起来，原来是部手机。她走到维持治安的警察身边，说自己捡到了手机，交了上去。

警察点亮了手机屏幕，看了几眼，判断说："这应该是死者的，被轮胎击中的那位的。"

何薇绮为手机的主人感到不幸，他只是偶然出现在路边，却遭此天降横祸，真是太悲惨了。警察对她表示了感谢。在离开前，她的视线扫到了还亮着的屏幕，那上面是敲到一半的文章，界面似乎还是她常去的讨论钱叶的网络空间。如果不是走在路上还紧盯手机不放，操作手机写着什么的话，他应该是能躲过这场劫难的。想到这儿，何薇绮忍不住探头细看了一眼，发现文章的题目是《诬陷女不除，法律尊严何在，国将不国》，作者的 ID 叫作七星。

何薇绮把原本作废的关于快马汽车的稿件又翻了出来，发送给了主编。她上司的职位空缺，于是金主编成了她暂时的直属领导。主编很快反馈了几条修改意见，包括要加上最新发生的事故，以增强时效性等，但总的来说，没什么大毛病，修改后将会被刊发在下一期。她有足够的时间。

不知道快马汽车的广告会不会和这篇报道一起刊登，不过这和何薇绮无关。

她字斟句酌，又一次修改起这篇稿子。真是世事无常啊，几个月前这篇稿件还躺在废纸堆里，现在突然就重见天日。

手机再一次响起，她发现是来自偏远省份的陌生手机号。会是谁呢？现在应该没有人还在找她。接通电话，对面传来不太清晰的问候声。

"您好，请问您是何记者吗？"是个女人的声音。

她皱了皱眉，这个声音听上去不熟悉。"我是。您是哪位？"

"我是洪子怡，有位律师找到我，说您要采访我？"

这都是什么乱七八糟的，哪儿来的骗子？"我没有……"突然，她心跳停了一拍，难道是她？"洪老师，是您吗？十年前在 A 村小学任教的洪老师？"

"啊对，是我。我曾经在 A 村小学实习过，目前在山区的希望小学当老师。"难怪信号不太好，"现在还有点空，您有什么问题就趁现在吧。我一会儿要去帮学生们干活。"

何薇绮有些激动。"您还记得钱叶吗？父亲入狱，自己离家出走的那个钱叶。"

"钱叶啊，我记得，我记得。她是个非常可怜的小女孩，在家里受到歧视，还被继父强奸……"

"等一下，洪老师，我见过她的父母，他们都信誓旦旦地说他没有强奸。"

"我也听说了，他也是这么告诉警察的。"不知道是不是信号不好的原因，洪老师的声音变得刺耳，"他说他给过钱的，不是强奸，只是嫖娼。钱叶当时只有十三岁，不管她是否同意，这都是强奸。"

"什么！"何薇绮曾以为自己不会再惊讶，可是听到洪老师这

206

么一说，手机差点掉地上，"这不可能吧？不是刑讯逼供搞出来的吗？我看到李宝富的门牙都被打断了。"

"他的门牙早就断了。听说他在外面打架，好像是和网吧老板还是什么人互殴，不只是被打断门牙，还被打得浑身伤呢。"

和网吧老板打架？这么一说，何薇绮有点印象。啊，对了，李晓娣告诉过她，有一次钱叶去上网，结果王翠华找到她，揍她时砸坏一个键盘。网吧老板和王翠华发生冲突，李宝富也跑来掺和，结果被打得"满地找牙"。何薇绮当时以为这只是一个修辞手法。

王翠华也提到过，她称呼钱叶是小婊子，和男人睡觉收钱，只是这个男人并非外人。这也解释了为什么有同学和老师看到她手上有大把的现金，给钱的人正是强奸犯本人。

"喂喂，您听见了吗？"洪老师在千里之外问道，"是不是信号不好？"

"我听得很清楚。"何薇绮应道，"可是，这只是钱叶单方面的说法吧？我听说她经常说谎，还偷东西……"

"她说谎只是想被别人关注，偷东西是因为怀孕了……"

"什么？钱叶怀过孕？"女记者的嘴巴简直合不拢。

"是的，钱叶怀孕过，父母带她去打过胎。警方在那家非法营业的医疗所里找到了证据。"

"这些都是警方告诉您的吗？"

"不是，是我给同学们讲完生理知识后，钱叶主动找到我告诉我。那时她刚打胎没多久，我让她立刻收集证据报警。我还听说怀孕这事其实是她的班主任先发现的，他告诉了她家里，然后她家里就赶紧带着她去打胎了。我离开之后，听说那个班主任也受到了处罚。"

郭月洁告诉过她，怀孕之后容易打瞌睡，吃过饭还会饿。钱叶也有同样的情况，易老师早就发现了。随后这位教师为了一己私利，私下告诉钱叶的父母，让这对禽兽去消灭证据。而他被李家夫妇怀疑报警也很正常，因为只有他知道全部详情。

只是何薇绮有点奇怪，就是易老师说的，十年前曾经告诉过"那个男人"，不是自己报的警。他告诉的那个男人是谁？毕竟李家夫妇意识到有人报警时，家里的男人已经被警察控制了；而他们后来过世的儿子李威，当时太小，顶多算男孩。

局外人武家平也很敏锐，仅凭两个同学的话就发现钱叶怀孕的证据，并且意识到易老师一直在为虎作伥，难怪他对易老师说话有那么强烈的火药味。

"那后来呢？"何薇绮追问道。

"我怀疑当时这孩子因为受到强烈的创伤，可能得了PTSD。"

她一边接听电话，一边在手边的电脑上查询。PTSD，即创伤后应激障碍，主要症状包括做噩梦、性格大变、情感解离、麻木、失眠、逃避会引发创伤回忆的事物、易怒、过度警惕、失忆和易受惊吓，严重者甚至可能会寻求自杀。这是人在遭遇或对抗重大压力后，其心理状态失衡的后遗症。

这么说来，钱叶和同学关系不佳、喜怒无常，并非她的性格原因，而是被强奸后产生的严重的心理疾病。即便成年以后，她的病情依然没有好转。工厂里她的室友齐红玉也说过，她还在逃避引发创伤回忆的事物——男人；宋冬梅也提到过，她过度警惕，只是提起"男朋友"三个字，都会令她暴跳如雷。

"我以前上大学时学过一点心理学，记得被强奸的人，有百分之六十会患上PTSD。所以我害怕钱叶也……"洪老师顿了一下，"她家的情况你应该也知道，重男轻女，对她很不友好。我去城里联络心理医生，想给她提供治疗。可是等我回去，我发现她已经离家出走了。"

"后来您和她联络过吗？"

"没有。如果我能找到她，一定要带她去看心理医生。当时她的状况已经很严重了。"洪老师惋惜地说。

从某种意义上说，郝宁是个天才。他清楚地知道，想从物证上翻案，只能靠运气。所以从一开始，他选择的突破口就是钱叶。文章是关于钱叶的生平，犯错的也是钱叶，要找的也只是钱叶一个人；不干公检法一丁点关系，因为他知道自己在这一层面赢不了。他计划找到钱叶，让她更改口供。他以为钱叶喜欢钱，一定能够用钱收买她。只要她肯改，再通过媒体大肆宣扬，就能把实际情况扭曲，倒逼官方，这起案件就有机会翻过来了。

有这样的先例吗？何薇绮突然想起她曾经搜索过类似的信息。有一些案件，因为各种各样的原因，比如证物丢失、证词有瑕疵，或者检验方式有纰漏，最终在媒体的帮助下，发生大反转。

难怪郝宁会特别留意刑讯逼供这件事，通过这个细节，能够争取到更大的舆论力量，也会给官方更强的压力。他知道读者想看什么。

何薇绮愣住了，这不就是她曾经查过的信息嘛。

周昕为什么要查这个？为什么她查到后把资料整理给周昕，转过天郝宁就开始了"钱叶案"的调查？

在那一刻，她恍然大悟。

郝宁从来没有相信过她。他把工作拆成了细碎的小块，分给不同的人，这样就不会有人知道郝宁到底想要做什么，以及他真正做了什么。

当郝宁看到周昕提供的报告，也就是何薇绮整理的那些资料时，他意识到这起案件的人证和物证可能已经遗失了，这简直是送上门来的天大的好机会，毕竟有这样的先例。发现了这一点之后，他才指示何薇绮开始调查。

既然官方证据不全，他便把全部赌注押在钱叶会改口上，唯一的证人站到了对立面，那时候改判也就成了顺理成章的事。一旦翻案，那么李宝富就可以得到国家赔偿。这笔沾满了受害者鲜血的钱，郝宁必然有份，说不定还是很大一份。

另一笔账就更划算了。无论成功与否，郝宁都把名声打了出去。这起案件显示他有能力帮忙翻案，助人获得国家赔偿；就算不能翻案，至少也能把原告闹得鸡犬不宁，抱头鼠窜，能让被告名声大噪，能让官方如鲠在喉，能让黑的变成白的。

有了这次的成功，后面就会有无数或真或假的冤案受害者找上郝宁，请他帮忙造声势，谋求翻案。

一本万利。

当她收到来自署名魏林的邮件时，她感到一头雾水。邮件里只有一张扫描的手写的文件，字写得很潦草，字迹也不清晰。

这是什么东西？魏林又是谁？这段时间发生了太多的事情，搞得何薇绮脑子里一团糨糊，很多事情都记不清。她下载附件图片，放大了几倍，总算看清楚了那个手写的名字。直到这时，何薇绮才明白这是什么东西。

这是钱叶入职电子加工厂时填写的文件。

电子加工厂的人事专员魏林总算干了一些人事。

字迹褪色，扫描的分辨率也不高，加之文件保存不当造成的缺损，区区一页纸，识别起来却极其缓慢。费了半天劲，她总算把入职资料上的信息判明了。姓名自然不用说；联系电话也失去了价值，之前通过她室友得到的号码也已经停机；地址恐怕也没有什么用处，当年电子加工厂就是以包食宿来吸引工人的，她一年多以前就搬进了工厂宿舍，这个地址估计就废了；至于其他信息，什么学历之类的，钱叶连小学都没毕业，上面填写的纯粹胡扯。

如此看下来，这份文件似乎也没有什么意义了。

再细想一下，也许地址还有一点点用处吧，因为这上面填写的地址在 K 市。如果郝宁——虽然他是个人渣，但还是有很多出人意料的想法——的猜测没错的话，这个地址应该是钱叶的闺密肖敏家的。

这个地方看着有点眼熟，何薇绮在网络地图上查询着位置，又是在临河区原来拆迁的那片地方。这个地点已经多次出现在她的调查中，真是太巧了。不对，她翻开笔记本，找到武家平的联系方式。

这两处写得一模一样！

太奇怪了，这两个人的交集在什么地方？为什么他们两个会认识？

她突然察觉到不对劲，盯着电脑屏幕上的 K 市地图，时而放大，时而缩小。她发现了老火车站和旧人民体育馆都离这个地址不远，而且汉河都流经这三处。而钱叶和武家平留下的地址，正好是在旧人民体育馆的西面，有点荒凉，人烟稀少。

为什么这个方向给她留下如此深刻的印象？她想起来钱叶的网友肖敏曾撒下的弥天大谎——钱叶一个人跑到体育馆西边跳河自杀了。虽然新人民体育馆附近也有河流，符合肖敏的说法，可是它的西面是新火车站，人流量很大，如果钱叶跳河的话，肯定会被看到。但如果是在旧体育馆附近，说不定就可以实现了。

她拨通了外号"流行音乐史学家"的余屏屏的电话。

"大记者，找我什么事？"余屏屏笑着问。

她焦急地询问："屏屏，你还记得有个歌星叫祥凯吗？"

"祥凯可算不上歌星，顶多算流星。"

随便什么称呼都无所谓。"你记得他，对吧？"

"是啊，怎么了？你要采访他吗？他都过气多少年了。"

"不是不是。十年前，他在 K 市举办过一次演唱会，你还记得是在哪里举办的吗？"

"这我哪还记得啊，时间太久了……"

何薇绮越来越急躁，她等不及听完余屏屏的抱怨。"是在新人民体育馆，还是旧的？只要确定这个就行。"

"当然是旧人民体育馆了。"余屏屏的"专业知识"起到了作用，"十年前，新的还没有设计出来呢。"

何薇绮似乎找到了武家平和钱叶的连接点。

肖敏这个人从来没有在人世间存在过。

钱叶就是肖敏，就是那天晚上，自己在火车站外的快餐厅见到的，并且深夜送她回到工厂的女孩。她从始至终低着头，不敢看自己，生怕容貌被自己认出。

何薇绮早就该发现这一点。肖敏是怎么说的她在 K 市认出钱叶？她说她们互换过单人照。可是钱叶压根没有单人照，只有一张全家的合影，她还游离在家人之外。也许后来钱叶和武家平一起生活后，照过单人照了，时间太久，她把两件事混为一谈。

他们应该就是在武家平家附近相遇的。也许钱叶想自杀，也许没有。何薇绮觉得自杀的可能性不大，毕竟当时钱叶刚刚参加完偶像的演唱会，沉浸在幸福中。很可能只是武家平看到当时年纪尚轻的钱叶夜晚独自在马路上游荡。当时钱叶无处可去，也没有钱坐车，深夜里只能在马路上徘徊。那里荒无人烟，没有目击者，简直是最佳犯罪地点。武家平毫不犹豫地上前，将钱叶拐回家。

那之后的钱叶感受到爱了吗？这个问题何薇绮连想都不敢想。武家平比钱叶大二三十岁，两个人的阅历相差甚远，根本不是一个层级的。钱叶以为是爱，其实不过是在权力包装下的控制罢了。就像王尔德说的那样：世上的一切都和性相关，但是性本身不是，性关乎权力。权力不对等的爱情——不管是继父与女儿，还是养育者与被养育者，抑或老师和学生——只能是控制与被控制，没有任何感情可言。

这个世界对钱叶太残酷了。她的继父李宝富也好，她的庇护者武家平也罢，他们都拥有更强大的权力，用钱，甚至仅仅用食物和居所，就可以任意操控这个女孩，即使他们本身在成年人中只能处于底层。被控制的钱叶什么都做不了，十年前她只是个孩子，十年后是个心智没有成长的成年人。她没有接触过社会，没有上过学，能够接触到的信息都是经过别人过滤的。

为什么武家平知道钱叶怀过孕？不是他从学生口中的信息里推理出来的，而是钱叶告诉他的。为什么武家平知道钱叶喜欢祥凯？不是他通过偶然联想得出来的，而是钱叶告诉他的。为什么武家平知道钱叶上过论坛，交过网友？不是因为他有一群黑客朋友，这全都是他编造出来的。

在那之前，如果不是自己非要跟着去现场调查，武家平说不

定压根就不会去什么 A 村拜访关系人。他只需要睡上一两天，把
那番自杀的谎言当成调查报告交给何薇绮就够了。不过，他可真
是大胆，竟然敢把自己正在寻找的钱叶拉到自己面前，编造出一
场死亡，妄图以此来彻底终结调查。

现在何薇绮有点明白，为什么当时那个所谓的"肖敏"总是在
看武家平了，说话也小心翼翼，就好像在背台词一般。不是因为
她见到陌生人紧张，而是因为她在唯他马首是瞻。

易老师家没有电话，没有人能通知他，可是他一看到何薇绮
和武家平，就知道二人是为了钱叶而来，因为他们曾经见过面。
武家平离开房间接电话时，易老师望着大门说他告诉过那个男人，
十年前不是自己报的警——易老师眼睛里看的是门外的武家平。

十年前，去 A 村打探消息的那个男人，正是武家平。他诱拐
了钱叶后去过 A 村。他发现钱叶的家人对她不闻不问，老师对她
的下落丝毫不在乎，钱叶的命运在那一刻就注定了。

一个当时只有十三岁，而且罹患 PTSD 的小女孩，从此落入
这个人面兽心的恶魔之手。

何薇绮胸中燃烧起熊熊斗志，她发誓要救出钱叶。

报警没有用。她曾经去过 A 村的派出所讨说法，得到的答复
是自愿离开不是失踪，不能立案。而现在的情况也和之前没有多
大差别。她手上没有证据，只有推测。更何况钱叶之前有段时间
是自由的——在工厂里，没有被武家平监视，她可以逃跑却没有，

警方又该说她是自愿的了。

事实上，钱叶做出的选择根本不是她本心希望的，她是因为患有心理疾病，而且不知道世界上还存在着其他选择。

何薇绮也不知道现在是否已经太迟了，她得到这个地址时，距离钱叶辞职过去了好几天，说不定武家平早就带着钱叶逃之夭夭了。

她要先去看看。

何薇绮来到了地址所在的临河区。和她预想的不同，这里竟然不是楼房，而是当年未拆除的带小院的平房。破旧的房子与周围竖起的高楼大厦形成了鲜明的对比。似乎为了隔开这间平房和周围的楼房，还专门立起一道一人多高的砖墙。这间平房看上去有很多年了，不知是主人要价太高，还是一直不愿意放弃，总之它躲过了当年的拆毁和重建。小院里杂草丛生，似乎好久没有打理过了。

看上去不像有人还在的样子，她甚至怀疑这个地址是武家平和钱叶故布疑阵用的。她走进小院，四下看看。虽然这个院子没有收拾，但是有块地方还算平整，似乎每次整理院子，他们都只把精力放在这么小的一块地上。

走到门前，她有点犹豫，要不要敲门？算了，都已经走到这一步了，敲门又不是什么麻烦事。她轻轻地敲了几下，果不其然没有人应门。

这里不可能有人。她有些生气，觉得自己受到了欺骗，甩了甩挎包，转身准备离开。武家平和钱叶早就……突然她的余光扫到门竟然打开了一条小缝。她转过身子，原来是挎包撞到了门。

好吧，门没锁。她推开门，向房间里望去。

里面一团漆黑，即使是艳阳高照的白天，太阳的光线都被四周的高层大楼挡住了，照射到这间小破平房上的，只有寥寥几缕。

"有人吗？"何薇绮谨慎地在屋子里查看。没有人回答，她掏出手机，打开手电筒，在屋子里照了照。这个房间至少是住过人的。房子里应该是经常打扫的，只是最近没有清理，摸上去似乎有些浮土；不宽敞的房间里摆满必备的生活用具，甚至还有一些贴纸和摆设，显露出快乐的生活气息；物品摆放也很整齐，没有匆匆收拾过的迹象，不像是房主急忙离开的模样。可是整个房间里充满了莫名的恶臭，令她直反胃。

奇怪，他们没有逃跑吗？只是出门还没回来？她捂住口鼻，把光源移向其他方向，突然照到角落里的阴影。那是一个人，他颓然地坐在地板上，背靠着墙，像一座没有生气的雕塑。他的脚下似乎还有什么东西，不过何薇绮没有看清。

她被吓得连连后退，脚下也一个劲地踉跄，手机摔到地上，手电筒也不亮了。眼前一片黑洞洞的，她的眼睛艰难地适应着黑暗，半跪在地上，摸索着手机。她听见身后传来了动静，猛然回头，看到那座"雕塑"正在从杂物中起身，向自己走来。

"你……你是谁？"她的声音直发颤。

"你来这里干什么？"声音虚弱且嘶哑，就好像声音的主人好几天没有吃过饭、喝过水。

这声音有点熟悉。"武家平？"何薇绮猜测，声音里依然充满恐惧，"你是武家平?"

"你来干什么!"对方怒火冲天，大声喝道。

庞大的黑影越来越近，几乎将何薇绮整个盖住。这时她终于可以确认，这真的是武家平。在惊恐的情绪作祟下，何薇绮的大脑无法思考，身体也不受控制。她瘫在地上，不知所措。"我来找钱叶。"她的嘴竟然不由自主地做出回答。

"钱叶已经死了。"

"不对，她没死。"何薇绮鼓起勇气回应，"你骗不了我。她还活着，你以为我是怎么找到这里的? 我发现了钱叶入职电子加工厂的文件，上面清清楚楚地写的地址就是这里，这也是你的家。"

"钱叶十年前自杀了。"何薇绮的话语似乎一个字都没传到武家平的耳朵里，他还在重复着无聊的谎话。

何薇绮不再害怕，她开足马力，全力反驳着诱拐犯。"根本没有人看见过钱叶跳河，这些都是你编造的谎言。那个你找到的所谓的目击证人肖敏其实就是钱叶，她在你的胁迫下做了假证。你以为有人说钱叶死亡就能阻止我继续追查下去。你失败了。我已经发现了，十年前是你拐走的钱叶。"

"钱叶那个时候就死了。"武家平有气无力地回答，"她的尸体就埋在外面的院子里。"

"什么?"何薇绮震惊了一秒钟，然后立刻冷静了下来，"你休想再骗我第二次。"

"你一挖就能找到。"

"不……这……呃……"女记者陷入了混乱，她深吸一口气，不相信地反问，"不对，这不可能。那个在 K 市更换身份证的，后来去电子加工厂上班的女孩，如果她不是钱叶，那么她是谁？"

"她是我的女儿。"

"什么？你的女儿？"

"是的，我的女儿。她出生时，她妈妈就过世了，难产。"武家平的声音里这才有了一丝起伏，"是我把她拉扯大的。有一天……有一天……"突然，他的声音里饱含着痛苦，"我们跑到了 K 市，以为这一切就能结束。没有。她跑回家，说不是她的错。我知道，这不是她的错，我只能看着她不停地哭。我不明白为什么别人都知道，都在她背后说坏话，可是我没有任何办法。就在这时，我看到了那个小女孩……"

"那就是……钱叶？"

"是的。"

洪老师说钱叶可能得了创伤后应激障碍，而且她的病情很严重，甚至可能会自杀。不是可能，她真的这样做了。

"我本来应该去报警，可是鬼使神差，我打开了她的包。我当时只是想看看她是谁，可是偏偏我看到了身份证。那上面的照片和她很像，就是小孩子的模样，所以我就……"

"所以你把她的身份证给了你女儿，让她们交换身份？"

"嗯。"

"然后你去 A 村调查钱叶的身世，发现没有人关心她的死活，这样你就放心了。为了避免有人发现钱叶的尸体，导致你的计划穿帮，你就把她埋在门外的院子里。"

武家平继续点头。"那之后再也没有人知道她是谁了，她终于活了过来。"

她一直在感激钱叶。就像电子加工厂的室友说的，她不停地对着那张祥凯的演唱会门票说着感谢的话语——那张门票也是从钱叶的包中发现的吧——其实她不是在对祥凯说，而是在对这张门票的主人说。

"我花了全部的积蓄买下这间房子，没想到不久之后这里就开始拆迁，我们以为一切都完了，可突然强拆停止了，有人来和我谈判。可无论他们出多少钱，我都不可能卖掉它。"

成排的高楼下面，简陋的平房突兀地存在。

因为钱叶的尸体不能被发现。

何薇绮突然想起她的师兄叶遥。如果他发现自己的一时贪念造成了如此深远的后果，不知会流露出什么样的表情。

"然后你的女儿就以钱叶的身份去上班。"

"她很喜欢这份工作。"

何薇绮本该意识到 A 村的钱叶和 K 市的钱叶不是同一个人的。

不论老师还是同学都说 A 村的钱叶不喜欢读书，可是电子加工厂的室友说 K 市的钱叶喜欢看大部头装斯文；A 村的钱叶喜欢听歌，K 市的钱叶从来不听，还嫌吵；A 村的钱叶喜欢上网、和别人联络，K 市的钱叶从不上网，也不喜欢社交。

在宿舍里，她自称"无名"，这不是她的名字。何薇绮想起她们第一次碰面时，她自称"肖敏"，又想起宋冬梅的口音，以及宋冬梅屡次试图纠正自己的发音。

"她叫武敏，对吗？"何薇绮小心翼翼地问，"你的女儿。"

武家平点点头。

武家平和武敏的平静生活，被钱叶的父母打破了。他们找到《声援》杂志社，要求调查钱叶的下落。从那一刻起，武氏父女就生活在提心吊胆之中，永无宁日。

"可是你又是怎么找到我的？"

"我想阻止郝宁继续写报道。"

即使到了这个时候，何薇绮在内心深处依然争辩道："是我写的报道！"

"我去咨询律师，想问问他有没有办法不让你们继续报道。"

武家平找到了同辉律师事务所的梅律师，就在自己离开之后。而那个无良的梅律师根本没能解决武家平的问题，只是收了一笔咨询费。自己的名片被梅律师扔在桌角，却被武家平发现。他一定注意到了《声援》杂志的抬头，所以才会将名片收起。然后在通信公司的营业厅，他们相遇了。何薇绮误以为他是梅律师介绍来的寻人专家，而武家平也顺水推舟地加入调查。他的目的自然是将调查过程引入自己的节奏，然后误导何薇绮以为钱叶已死——这是真相，同时又是假象——不要再继续调查。

他的计划几乎要成功了，只可惜最后时刻功亏一篑，被郝宁识破——郝宁？难道是……

何薇绮睁大眼睛，惊恐地望着武家平。"是你干的，对吗？是你杀死了郝宁。"

武家平再一次沉默地点了点头。

可是武家平怎么知道郝宁家的，就连同事都不知道。

难道是她告诉的？她曾经在出租车上给外送员指过路，透露了郝宁家的地址，当时武家平就坐在她身前。不会吧，是自己间接害死了郝宁……

等一下，那也不对。他不可能进郝宁家的，这样的陌生人，怎么能让郝宁心无芥蒂地大开家门呢？

"你给郝宁展示了钱叶的身份证。"

"是。"

听见持续不断的敲门声，郝宁不耐烦地问门外是谁。门外答复说是提供信息的。郝宁并不相信他，但是透过猫眼看到了钱叶的身份证原件，就一下子相信了对方，为武家平打开了大门，也把自己推上了死亡之路。

为什么要对郝宁痛下杀手？

郝宁死前，杂志已经上架，他们看到了杂志上刊登的文章，认为郝宁太接近真相了。尽管这是何薇绮调查出来的，可是武家平不清楚，他看到的只有郝宁一个人的署名。郝宁又一次冒用了她的文章，没想到却因此救了她的命。对武家平而言，只有消灭肉体，才能彻底阻止调查，所以他决定杀死郝宁。

不，不对，那个时候他们的进展只不过是找到了电子加工厂而已，还没有更确切的信息。

他们两个人聊了这么久，为什么武敏还没有出现？有些信息只有她知道，为什么她不帮忙澄清？正想着，何薇绮突然倒吸了一口凉气。

武家平不是为了阻止调查才杀死郝宁的，他是为了报复。

武敏一定绝望地以为他们马上就会找到自己，她必将再次陷入世人的侮辱和谩骂中，于是宛如惊弓之鸟般选择了结束自己的生命。

所以他才这么颓废，所以他像很久没吃过饭，所以他才知无不言……因为他已经失去了生活的支柱和勇气，只不过是在苟延残喘。她刚进门时，看到他窝在角落里，那个靠在他身旁看不清形状的物品，应该就是武敏……的尸体。这就是弥漫在房间里的腐败气味的来源。

"武敏……已经……"何薇绮艰难地吞了一口唾沫。

"是的。"武家平只剩下一具躯壳，里面没有任何精神。

何薇绮感觉自己像是要吐出来一样。"在她身上发生过什么？"

武家平的情绪产生了波澜。"她上初三时……被老师……"

他只说了半句，何薇绮就明白了。她们第一次见面时她说的第二个年龄其实正是自己的实际年龄，倒推回去，那个时候她应该是十五岁，很不幸，比法定性同意年龄大一岁。

当他同情钱叶时，当他们在车上讨论强奸时，当他不客气地对待易老师时，她就应该知道，他是多么痛恨这种行为。这只是第一轮伤害。她想起肖敏，不，钱叶，不对，她的名字是武敏，她们第一次碰面时，她身穿极为保守的衣装。

"那个禽兽老师一口咬定是谈恋爱，她还是个孩子啊……学校也不承认，还吓唬她说，报警的话警察也不会相信她的。而且那个禽兽的老婆四处宣扬是武敏的错，搞得尽人皆知。走到哪里，都有人在笑她。我们走投无路，只能逃出来了……"

受害者还会遭到第二轮伤害，那是来自周围评价、社会舆论等的。第一轮伤害已经令人非常痛苦，超过半数的受害者会因此患上可能终身无法治愈的心理疾病；而第二轮伤害更会推波助澜。何薇绮同样站在高高在上的道德巅峰评判过别人，还自诩正义，却浑然不知对被害人造成了多大伤害。

"强奸……"她流下了忏悔的眼泪，也因此提高了音调，"不应该是这样……"

何薇绮的眼睛适应了黑暗，看到武家平表情的剧烈变化，突然意识到自己的话似乎被陷入痛苦中的武家平错误解读了。他以为死去的女儿被再次羞辱，一下子愤怒起来。

"不，等一下，不是这样。"她急忙想要解释，可是太迟了。

"你不是说强奸不可能吗？不是说强奸犯很难干成吗？不是反抗强奸很容易吗？"武家平像疯了一样，吼叫着走向何薇绮。

"不……不……"她最担心的莫过于武家平联想起了他们在车上讨论强奸行为时她曾说过的话，误以为她对强奸持支持态度。

武家平在狭小的房间里追逐着乱跑的何薇绮，更熟悉环境的房主明显占据优势，很快就将女记者困在角落里。他一把将何薇绮推倒在地。女记者的头磕到了地上，感到一阵疼痛。武家平骑在她身上，嘴里不停地说着什么。

"她本来可以和你一样上大学，干光鲜亮丽的职业，穿喜欢的衣服，过她想要的生活……可是那个浑蛋把这一切都毁了。她甚至没法去学校读书，只能干最基础的工作，必须把全身裹紧，整天提心吊胆地东躲西藏……"

他们两人的力量悬殊，即使男人的年龄要老她二三十岁，即使男人饿了几天，即使女人拼尽全力反抗，何薇绮还是败下阵来。

武家平重重地击打着何薇绮的面部，只需一击，就将她的脸扇到了另一侧。就在这时，她看到了角落里躺着的武敏的脸，一张失去了生命气息、痛苦不堪的脸。

"你比当时的她大十岁，你为什么不反抗？"他一边殴打着，一边嘴里叫嚣着，"你不是说反抗很容易吗？"

何薇绮的精神与肉体解离成了两个独立的部分。她的灵魂飘到了屋顶上，俯视着被暴打的自己的身体。躺在地上的身体只能被动地接受暴力侵袭，没有任何反抗能力。紧接着，她的灵魂仿佛穿越了，出现在了另一个时空。

她看到了父亲对高中文理分班时的自己说："女孩子学什么理科？没有用。将来找个稳定的职业，嫁人生孩子就行。"那时的她没有反抗，听从了父亲的安排，默默地放弃了自己喜欢的学科。

然后她看到了周昕对不愿加班的自己说："同学会不着急，工作要紧，把我安排的活干完了再去也不迟。"那时的她没有反抗，而是埋头苦干，完工后才离开。

最后她看到了郝宁凑到茫然的自己的耳边说："咱们休息吧。"那时的她没有反抗，就被带上了床。

她的灵魂听到武家平在声嘶力竭地大喊："你为什么不反抗？"

她能找到几百个理由辩解：社会经验不足，热爱这份工作，因为爱情……可是她知道，这些都是虚假的。真正的理由只有一个：权力不对等。金钱、地位、职务、体力、知识……所有的不对等都有可能成为压迫的利器。

强奸也是一样。

虽然在思想空间中畅游了很久，但在现实世界中不过是几秒钟的工夫。何薇绮回过神来，发现她仍在暴怒的武家平身下。灵魂的探索解决不了肉体的难题。

冷静下来的她再次奋力反抗，而她的对手力量似乎在减弱，即便如此，她依然不是他的对手。她的双手在胡乱摸索，期盼能从地上抓起什么，烟灰缸、螺丝刀，随便什么都行，只要能用来还击就可以。可地上什么都没有。

她伸长双臂，向更远的地方乱摸，似乎碰到了东西。顾不上是什么，她努力抓住，却没能拉动。太重了。可是这是她唯一的救命稻草。就在那一瞬间，她的身体激发出了无穷的力量，将那个不知名的物体拉动。

那东西比何薇绮想象的要大得多，她只拉动了其中一部分，但随之整个倒了下来，撞到了武家平。趁着施暴者分神，何薇绮拳击脚踹，总算挣扎着脱开身来。她迅速站起身，倚在墙角，摆出防御架势，准备迎接下一击。

什么都没有。她壮起胆子，蹑手蹑脚地凑上前看了一眼。

原来武家平被那个东西砸到，身子一歪，正好撞到旁边的桌角，似乎昏了过去。这下何薇绮长舒一口气，稍微放下心。

谢谢不知名的物体，是你救了我。

她怀着感恩心，靠近了击中武家平的那个物体，似乎是圆柱状，颜色阴暗，上面还有黑色的条状物，像是巨大的拖把；下面的圆球似乎是白色的，凹凸不平……她用手捂住嘴后退半步，无法压制的尖叫声刺破苍穹。

这是武敏的尸体。

转瞬间她就被吓得魂飞魄散，顾不得寻找手机和挎包，拼尽全力夺路狂奔，一直跑到肺要爆炸才停下。

"你是说，你主动跑进别人家里，然后对方想强奸你？"民警疑惑地问。

她只能分辨出有声音传进耳朵里，却无法理解这些句子，仿佛听到的是不知名的外语。

此刻的何薇绮正坐在派出所的讯问室里，脑子里一片空白。之前那一幕对她的震撼太大了，令她的神经立刻崩溃。

她隐约记得自己跑进派出所里，又语无伦次地说了些什么，但是对这个过程她印象全无。她的脑海中只剩下那张散发着腐烂气息、失去生命迹象的苍白面孔，那面孔上布满无法名状的痛苦表情。

对面身穿制服的年轻男人越发不耐烦，手里握着的笔不停地敲击桌面。"你到底想报什么？又是强奸，又是杀人，一会儿今天，一会儿十年前，话说得不清不楚。你要不要先冷静一下再说？"

何薇绮的脑细胞仿佛凝结成了一整块石头，无法动弹。她以为自己在想什么，大脑却没有给她任何反馈。她脸上只剩下木然的表情，眼神中没有任何色彩，面前的这一切似乎和她毫无关系。她一动不动地坐在椅子上，四肢麻木，没有任何知觉。

从门外进来了一位女警察，她对正在问询的男警察附耳说了几句。他站起来，不解地看了一眼说话人，转身离开。

新接手的女警察没有立刻坐下，而是半蹲在何薇绮身边，轻轻拉起她的手抚摸。

何薇绮感到手上有了一丝温暖，而肢体的感觉也慢慢从指尖开始蔓延到胳膊、肩膀，直至全身。她似乎恢复了一点神志，转过脸，不知所措地看着女警察。

女警察温柔地说道："别害怕，没关系，慢慢来。我相信你。"

何薇绮先是困惑地看着她，突然自己的大脑开始运作，竟然理解了对方在说什么。

下一刻，女记者的脑海中不停地涌现出过去的事情，她无法抑制地痛哭起来，眼泪就像决堤的洪水一般喷涌而出。

第六章（下）

"不要，别死！"

武家平高喊着。他来不及脱衣服，直接跳入水中，拼命与水流搏斗，拉起少女的胳膊，奋力将她从河里救出来。

可是太迟了，无论如何施救，那个女孩都没有再醒来。

他失落地蹲坐在女孩身边，喘着粗气，泪水、汗水和河水混在一起，从脸上滴滴答答地落下。他痛苦地看着女孩失去生命力的躯体，喃喃自语："你怎么这么傻，活着有什么不好？还这么年轻……"脑子里想到的却是武敏——自己的女儿。

他打开了女孩随身的小包，想查明女孩的身份。借助月光，他掏出她的身份证，看到照片时他惊呆了，这张照片竟然和武敏有几分相像。

电光石火之间，武家平的脑中迸发出了一个绝妙的主意。

他左右看看，发现寂静的坡道上没有任何人，于是他心惊胆战地抱着女孩，向租住的房子全力冲刺。

推开门，武家平轻轻地把女孩的尸体平放在地上。

武敏的睡眠很浅，多轻微的声音都会把她吵醒。她从床上惊醒，恐惧地望着父亲和尸体："爸爸，这是……你干了什么……"

"嘘。"他示意武敏噤声，轻声将刚才的状况和自己的计划告诉她。

一字一句认真听着的武敏，先是害怕，随后变得疑惑，然后是好奇，其后是兴奋，最后是平静。

"我没能救活她，可是我可以救你！"武家平握紧拳头，压抑着情感，咬牙说道。

那个叫作"钱叶"的女孩就此死去。

这个被称为"钱叶"的女孩从此活了下来。

她全力奔跑，终于回到起点。

尾声

《支撑快马汽车的骨架断裂》 报道记者：何薇绮

"……快马汽车的事故原因为生产企业明知存在技术缺陷，但为减少支出，仍无视乘车人安危，通过行贿等手段故意隐瞒实情，最终造成人员伤亡。……据最新消息，企业法人代表林某、实控人鲍某在潜逃过程中被抓获，相关刑事调查正在进行中。……"

警情通报

"……前日发生的新闻媒体工作人员被杀案件已侦破，犯罪嫌疑人武某平在其住处被抓获。经审讯，嫌疑人供认不讳。……"

《声援》杂志社公开致歉

"……本刊就'父母寻找诬告女儿'的争议报道公开致歉。本刊经过为期一个月的内部调查，发现该报道由本刊记者郝宁独立完成，郝宁严重违反职业道德准则和真实性原则，未能全面呈现涉事双方观点，缺乏如实且客观的调查。本刊依据条例，对郝宁应予以开除并追究其影响本刊公信力之责任，经与律师联系，因当事人已身故，本刊放弃追究。与此同时，本刊存在对稿件审核把关不严等错误，为此做出深刻的检讨，今后，本刊将更加严格地落实新闻伦理，规范采编和审核人员，避免再出现类似错误。特此向社会各界致歉。……"

外市报道

"……已被淡忘的 K 市中学校内性侵事件，因外省杀人案再起波澜。曾有人匿名举报称该校教师性侵女学生，未能引起重视。如今因外省杀人案牵扯，本事件重新回到公众视野后，又有多名曾在该学校就读的女性实名举报。涉事教师否认指控，称是自由恋爱。……专家表示，国家发布的《关于依法惩治性侵害未成年人犯罪的意见》规定：'对幼女负有特殊职责的人员与幼女发生性关系的，以强奸罪论处。对已满十四周岁的未成年女性负有特殊职责的人员，利用其优势地位或者被害人孤立无援的境地，迫使未成年被害人就范，而与其发生性关系的，以强奸罪定罪处罚。'……目前，该教师已被解除职务，警方也介入调查。"